CHRISTIAN BOURGOIS ÉDITEUR
8, rue Garancière – PARIS VI⁰

*Du même auteur
dans la collection 10/18*

LA CLAIRVOYANCE DU PÈRE BROWN, n° 1562.

LE SCANDALE
DU PÈRE BROWN

PAR

G.K. CHESTERTON

Traduit de l'anglais
par Jeanne FOURNIER-PARGOIRE

*Série « Grands détectives »
dirigée par Jean-Claude Zylberstein*

L'AGE D'HOMME

Titre original :

*The Scandale of
Father Brown*

© Miss D.E. Collins
© 1982 pour l'édition française
by Éditions l'Age d'Homme, Lausanne
ISBN 2-264-01401-6

LE LIVRE MAUDIT

Le professeur Openshaw se mettait toujours en colère à tout casser si on le traitait de spirite ou d'adepte du spiritisme. Cela, cependant, n'épuisait pas sa puissance d'explosion car il se fâchait également si on le traitait d'adversaire du spiritisme. Il se vantait d'avoir consacré toute sa vie à l'examen des phénomènes psychiques et se faisait aussi un point d'honneur de ne laisser deviner à personne s'il les considérait comme réellement psychiques, ou simplement comme des phénomènes. Rien ne lui plaisait autant que d'être assis dans un cercle de spirites enflammés et de décrire d'un ton mordant comment il avait démasqué médium sur médium et découvert supercherie sur supercherie ; car en effet, c'était un détective génial et perspicace lorsqu'il avait décidé que quelque chose était suspect – et c'était toujours sa réaction devant un médium. On racontait qu'il avait reconnu le même charlatan spirite sous trois déguisements différents : en femme, en vieillard à barbe blanche, en bohémienne brun chocolat. Ces récits jetaient les croyants dans l'inquiétude, ce qui était du reste leur but ; mais comment eût-on pu se plaindre puisque aucun spirite ne nie l'existence de médiums de mauvaise foi ; seulement, l'éloquent récit du professeur semblait sous-entendre que tous les médiums sont de mauvaise foi.

Mais malheur au simple et innocent matérialiste – et les matérialistes sont par nature plutôt innocents et simples – qui, trompé par le ton de ce récit, soutenait que les revenants sont contraires aux lois de la nature ou prétendait que les apparitions ne sont que des superstitions d'autrefois, ou qualifiait le tout de sornettes et de blagues. Le professeur, retournant alors brusquement toutes ses batteries scientifiques, dirigeait sur lui un feu nourri de cas incontestables et de phénomènes inexpliqués dont le malheureux rationaliste n'avait jamais entendu parler de sa vie, et, sans omettre une date ou un détail, énumérait toutes les explications naturelles qui avaient été avancées et abandonnées ; mais il se gardait bien de dire si lui, John Oliver Openshaw, croyait ou non aux revenants, et cela, ni spirite ni matérialiste ne pouvait se flatter de l'avoir découvert.

Le professeur Openshaw, maigre silhouette à la pâle crinière de lion, aux yeux bleus et magnétiques, échangeait quelques mots avec le Père Brown qui était un de ses amis, sur le perron de l'hôtel où tous deux avaient passé la nuit et pris leur petit déjeuner. Le professeur était rentré assez tard d'une de ses plus magnifiques séances, bouillant d'exaspération, et il frémissait encore au souvenir de la bataille qu'il livrait toujours tout seul et contre les deux parties.

— Oh! Ce n'est pas contre vous que j'en ai! disait-il en riant. Vous ne croyez pas aux revenants, même quand ils sont authentiques. Mais tous ces gens me demandent sans cesse ce que j'essaie de prouver. Ils n'ont pas l'air de se rendre compte que je suis un savant. Un savant n'essaie pas de prouver quelque chose. Il s'efforce de découvrir ce qui se passe de preuves.

— Mais il ne l'a pas découvert encore, remarqua le Père Brown.

— Eh bien, j'ai quelques petites idées à moi qui ne sont pas aussi négatives qu'on veut bien le croire, répondit le professeur après avoir froncé les sourcils un instant. En tout cas, j'imagine que s'il y a quelque chose à trouver, les spirites le cherchent du côté qu'il ne faut pas. Ils font trop de mise en scène et de chiqué avec les ectoplasmes resplendissants, les trompettes, les voix, et tout le bataclan; c'est renouveler les vieux mélodrames et les romans historiques d'un genre démodé où le fantôme de la famille jouait le premier grand rôle; s'ils avaient recours à l'histoire, et non aux romans historiques, je crois qu'ils trouveraient vraiment quelque chose. Mais ce ne serait pas des apparitions.

— Après tout, riposta le Père Brown, les apparitions ne sont que des apparences. Vous diriez, je suppose, que le fantôme de la famille sauve les apparences.

Le regard de son interlocuteur qui était, en général, vague et distrait, devint brusquement fixe et concentré, comme s'il se trouvait devant un médium sujet à caution. On eût dit que le professeur avait ajusté une forte loupe à sa paupière. Non pas qu'il pensât que le prêtre ressemblait le moins du monde à un médium sujet à caution, mais son attention était attirée parce que la pensée de son ami suivait de près la sienne.

– Les apparences! grommela-t-il. Pristi! C'est bizarre que vous disiez cela en ce moment. Plus j'étudie, plus j'imagine qu'ils ont tort de chercher simplement les apparences. S'ils s'occupaient un peu de disparitions...

– Oui, dit le Père Brown, après tout, dans les vraies légendes, on parle rarement de l'apparition de fées célèbres : il ne s'agit pas d'évoquer Titania ou d'exhiber Obéron au clair de lune. Mais il y a des tas de légendes sur des gens qui ont disparu parce qu'ils avaient été enlevés par des fées. Êtes-vous sur les traces de Kilmeny ou de Thomas le Rimeur?

– Je suis sur la trace de gens ordinaires et modernes dont vous avez lu le nom dans les journaux, répondit Openshaw. Ne me regardez pas de cet air ébahi. C'est le sport auquel je m'adonne depuis un certain temps. A dire vrai, je crois que beaucoup d'apparitions psychiques peuvent être expliquées. Ce sont les disparitions que je ne puis expliquer, à moins qu'elles ne soient psychiques. Ces gens dont les journaux annoncent la disparition et qu'on ne revoit plus – si vous connaissiez les détails aussi bien que moi... et pas plus tard que ce matin, mes hypothèses ont été confirmées : j'ai reçu une lettre extraordinaire d'un vieux missionnaire, un vieux type tout à fait respectable. Il vient me voir à mon bureau ce matin. Voulez-vous déjeuner avec moi, je vous raconterai les résultats de notre conversation – sous le sceau du secret?

– Merci, avec plaisir, répondit modestement le Père Brown. A moins que les fées ne m'aient enlevé d'ici là.

Sur ces mots ils se séparèrent, et Openshaw se rendit au petit bureau qu'il louait dans le voisinage, principalement pour la publication d'un petit périodique de notes psychiques et psychologiques du genre le plus sec et le plus agnostique. Il n'avait qu'un secrétaire qui était assis devant une table dans l'antichambre, rassemblant des chiffres et des faits pour les rapports imprimés; et le professeur s'arrêta pour demander si M. Pringle était venu. Le secrétaire répondit machinalement par la négative et continua machinalement à additionner des chiffres. Le professeur se dirigea vers son bureau.

– A propos, Berridge, ajouta-t-il sans se retourner, si M. Pringle vient, faites-le entrer tout de suite. Il est inutile que vous interrompiez votre travail; j'ai besoin que ces notes soient terminées ce soir si c'est possible. Vous pourrez les laisser sur ma table à écrire demain si je suis en retard.

Et il pénétra dans son bureau, méditant encore sur le problème que le nom de Pringle avait soulevé, ou plutôt, ratifié et confirmé dans son esprit. Le plus équilibré des agnostiques n'est, après tout, qu'un homme, et il est possible que la lettre du missionnaire lui eût paru d'autant plus intéressante qu'elle promettait d'appuyer son hypothèse particulière et encore un peu indécise. Il s'assit dans son grand fauteuil confortable, devant le portrait de Montaigne, et relut la brève lettre du Révérend Luke Pringle fixant un rendez-vous pour ce matin-là. Personne ne connaissait mieux que le professeur Openshaw ce qui caractérise la lettre d'un toqué : les détails nombreux et minutieux, les pattes de mouches, la longueur inutile et les répétitions. Il n'y avait rien de tout cela cette fois ; ce n'était qu'un message bref et méthodique, tapé à la machine, déclarant que le Révérend avait été témoin de curieux cas de disparitions qui semblaient être du domaine du professeur, en raison de ses recherches sur les problèmes psychiques.

Le professeur avait eu une impression favorable ; et il n'eut pas non plus une impression défavorable en dépit d'un léger mouvement de surprise lorsque, levant les yeux, il s'aperçut que le Révérend Luke Pringle était déjà dans la pièce.

– Votre secrétaire m'a dit d'entrer tout droit, dit M. Pringle d'un ton d'excuse, mais avec un sourire large et assez agréable.

Le sourire était en partie masqué par une barbe touffue et des favoris poivre et sel ; une vraie jungle de barbe, comme on en voit souvent aux hommes blancs qui ont vécu dans la jungle ; mais les yeux au-dessus du nez camus n'avaient rien de sauvage ou de bizarre. Openshaw avait immédiatement fixé sur eux cette loupe ou cette lentille d'examen sceptique qu'il avait dirigée sur tant d'hommes pour voir s'ils étaient des charlatans ou des maniaques ; et cette fois il eut un sentiment de confiance qui ne lui était pas habituel. La barbe hirsute appartenait peut-être à un toqué, mais les yeux démentaient complètement la barbe; ils étaient éclairés de ce rire franc et amical qu'on ne trouve jamais sur le visage de ceux qui sont de vrais escrocs ou de vrais fous. Un homme avec ces yeux-là pouvait être un philistin, un sceptique, un gaillard qui criait sur les toits son mépris borné mais vigoureux pour les esprits et les revenants, mais en tout cas, un farceur de profession ne pouvait se payer le luxe de paraître aussi frivole.

L'homme portait une vieille cape râpée, boutonnée jusqu'au menton, et seul, son grand chapeau flasque avait une allure ecclésiastique; mais les missionnaires des pays sauvages ne prennent pas toujours la peine de s'habiller en prêtres.

– Vous pensez sans doute qu'il s'agit d'une nouvelle mystification, monsieur le Professeur, dit M. Pringle avec une espèce de gaieté détachée, et j'espère que vous me pardonnerez d'avoir ri de votre air désapprobateur. Tout de même, il faut que je raconte mon histoire à un homme bien informé, parce qu'elle est vraie. Et, plaisanterie à part, elle est aussi tragique que vraie.

« Bref, j'étais missionnaire à Nya-Nya, station en Afrique-Occidentale en pleine forêt; à part moi, il n'y avait d'autre Blanc que l'officier qui commandait la mission, le capitaine Wales, et nous devînmes fort bons amis. Non pas qu'il aimât les missionnaires; c'était un homme épais dans tous les sens du mot, un de ces hommes d'action à grosse caboche, aux épaules carrées, qui ont à peine besoin de penser, encore moins de croire. C'est ce qui rend la chose encore plus bizarre. Un jour il revint à sa tente dans la forêt, après un court congé, et dit qu'il lui était arrivé une aventure diantrement extraordinaire, et qu'il ne savait à quel saint se vouer.

« Il tenait un vieux livre jauni relié de cuir et le posa sur une table près de son revolver et d'une vieille épée arabe qu'il gardait sans doute comme curiosité. Il me raconta que ce bouquin avait appartenu à un type qui était sur le bateau qu'il venait de quitter; et le type jurait que personne ne devait ouvrir le livre et regarder à l'intérieur; l'indiscret serait enlevé par le diable, disparaîtrait, ou il lui arriverait un malheur quelconque. Bien entendu, Wales répliqua que c'était absurde, et ils eurent une discussion; en fin de compte, paraît-il, le type, piqué d'être soupçonné de lâcheté ou de superstition, ouvrit bel et bien le livre, le laissa aussitôt échapper de ses mains, marcha jusqu'au bastingage, et...

— Une minute, interrompit le professeur qui avait pris une ou deux notes. Avant d'aller plus loin, précisons un point. Cet homme a-t-il dit à Wales où il avait trouvé ce livre ou à qui il appartenait primitivement?

— Oui, répondit Pringle, maintenant fort grave. Il le rapportait au Dr Hankey, l'explorateur, de retour en Angleterre après de longs séjours en Orient; le livre lui appartient, et il avait averti notre homme de ses étranges propriétés. Hankey est un savant, et un type grincheux et sarcastique, ce qui rend la chose plus étrange encore. Mais la conclusion de l'histoire de Wales est beaucoup plus simple. C'est que l'homme qui avait ouvert le livre enjamba le bastingage et on ne le revit plus.

— Ajoutez-vous foi à cette histoire? demanda Openshaw après une pause.

— Oui, complètement, répliqua Pringle. Je la crois pour deux raisons. D'abord, Wales est un être absolument dépourvu d'imagination, et il a ajouté un détail qui ne pouvait être inventé sans imagination. Il a dit que l'homme a enjambé le bastingage par un jour calme et tranquille, mais l'eau n'a pas rejailli.

Le professeur regarda ses notes quelques instants en silence. Puis il demanda:

— Et la seconde raison?

— Mon autre raison, répondit le Révérend Luke Pringle, est ce que j'ai vu de mes propres yeux.

Il y eut un nouveau silence, puis le missionnaire reprit son récit de la même voix calme et précise. En tout cas, il ne manifestait pas l'ardeur que le toqué ou le fanatique apporte à convaincre ses auditeurs.

— Je vous ai dit que Wales avait posé le livre sur la table près de l'épée. La tente n'avait qu'une entrée; et il se trouvait que j'étais debout dans cette ouverture, en face de la forêt, le dos tourné à mon compagnon. Il se tenait près de la table, grognant et grommelant je ne sais quoi sur cette histoire; il disait qu'il faudrait être imbécile en plein vingtième siècle pour avoir peur d'ouvrir un livre et demandait pourquoi diable il ne l'ouvrirait pas lui-même. Un secret instinct m'avertit, et je répliquai qu'il ferait mieux de s'abstenir, et de renvoyer le livre au Dr Hankey. « Quel mal cela pourrait-il faire? » dit-il avec impatience.

« Quel mal cela a-t-il déjà fait? répondis-je

avec obstination. Qu'est-il arrivé à votre ami sur le bateau ? » Il ne répondit pas ; je ne savais ce qu'il aurait pu répondre, mais par simple vanité, je continuai à faire étalage de ma logique. « Et, à ce propos, demandai-je, à votre idée, que s'est-il réellement passé sur le bateau ? » Il ne répondit encore pas, je me retournai, et je vis qu'il n'était plus là.

« La tente était vide. Le livre était sur la table, ouvert mais retourné, comme si le capitaine l'avait posé là. Quant à l'épée, elle gisait sur le sol, de l'autre côté de la tente ; et la toile de la tente montrait une grande déchirure, comme si quelqu'un s'était taillé un passage avec l'épée. Cette fente béait devant moi, mais ne révélait que la verdure sombre de la forêt. Et quand je traversai la tente, et regardai par la fente, je ne pus être sûr si le fouillis des hautes plantes et les herbes du sous-bois avaient été courbées ou foulées ; du moins, les traces s'arrêtaient à quelques pas. Depuis, je n'ai pas revu le capitaine Wales, et je n'ai plus entendu parler de lui.

« J'ai enveloppé le livre dans du papier d'emballage en prenant bien soin de ne pas le regarder, et je l'ai rapporté en Angleterre avec l'intention de le rendre au Dr Hankey. Puis, dans votre journal, j'ai vu quelques notes présentant une hypothèse sur des faits analogues, et j'ai décidé de m'arrêter en chemin et de vous soumettre ce problème, car vous avez la réputation d'être bien équilibré et sans préjugés.

Le professeur Openshaw posa sa plume et regarda attentivement l'homme assis en face de lui de l'autre côté de la table ; dans ce regard, il concentrait toute sa longue connaissance de nombreux et divers types d'imposteurs, et même d'hommes honnêtes mais originaux et extravagants. D'ordinaire, il se serait arrêté pour commencer à l'hypothèse commode que cette histoire était un tas de mensonges ; dans l'ensemble, il était bien porté à croire que c'était un tas de mensonges. Cependant, il ne pouvait pas situer l'homme dans son histoire, quand ce ne serait que parce qu'il ne pouvait imaginer un menteur de ce genre débitant ce genre de mensonges.

Le missionnaire n'essayait pas de paraître sincère à la surface, comme le font la plupart des charlatans et des imposteurs ; c'était tout le contraire ; on eût dit qu'il était sincère en dépit d'autre chose qui était simplement à la surface. Openshaw pensa qu'il avait devant lui un brave homme affligé d'une inoffensive folie ; mais, en ce cas, les symptômes non plus ne concordaient pas ; M. Pringle manifestait même une espèce d'indifférence virile, comme s'il ne se souciait pas beaucoup de sa folie, en admettant que c'en fût une.

– Monsieur Pringle, dit brusquement le professeur, comme un avocat qui veut terrifier un témoin, où se trouve votre livre en ce moment ?

Le large sourire reparut sur le visage barbu qui était devenu grave pendant le récit.

– Je l'ai laissé dehors, dit M. Pringle. Je veux dire, dans l'antichambre. C'était dangereux, peut-être, mais le moins dangereux des deux.

– Que voulez-vous dire ? demanda le professeur. Pourquoi ne l'avez-vous pas apporté ici ?

— Parce que je savais que, dès que vous le verriez, vous l'ouvririez, avant d'avoir entendu l'histoire. J'ai pensé que, peut-être, vous y regarderiez à deux fois avant de l'ouvrir – quand vous sauriez de quoi il s'agit.

Puis, après un silence, il ajouta :

— Il n'y avait personne dans l'antichambre, à part votre secrétaire, et il m'a fait l'effet d'un lourdaud placide plongé dans des calculs d'affaires.

Openshaw se mit à rire sans contrainte.

— Oh! Babbage, s'écria-t-il, vos livres magiques ne risquent rien près de lui, je vous assure. Son nom est Berridge, mais je l'appelle Babbage, ou quelquefois la « Machine à calculer ». Aucun être humain, si vous l'appelez un être humain, ne serait moins susceptible d'ouvrir les paquets des autres. Allons chercher le livre. Je vous promets de réfléchir sérieusement sur la méthode à suivre. Je vous le dis avec franchise...

Et de nouveau, il regarda fixement son interlocuteur.

— ... Je ne sais pas encore si nous devons l'ouvrir sur-le-champ ou l'envoyer au Dr Hankey.

Tous deux quittèrent le bureau et passèrent dans l'antichambre. Dès qu'il eut franchi le seuil de la porte, M. Pringle poussa un cri et courut à la table du secrétaire. Car la table du secrétaire était là, mais pas le secrétaire. Sur la table se trouvait un vieux livre de cuir décoloré au milieu de papier d'emballage; il était fermé, mais semblait avoir été ouvert. La table à écrire était placée contre la grande fenêtre qui donnait sur la rue, et le carreau était brisé, avec un grand trou irrégulier dans le verre, comme si, par là, un corps humain avait été lancé dans le monde extérieur. Il ne restait pas d'autre trace de M. Berridge.

Les deux hommes demeurèrent immobiles comme des statues. Ce fut le professeur qui revint peu à peu à la vie. Jamais, dans toute son existence, il n'avait eu l'air plus sceptique; il fit lentement volte-face et tendit la main au missionnaire.

— Monsieur Pringle, dit-il, je vous demande pardon. Je vous demande pardon pour les pensées que j'ai eues, ou plutôt des demi-pensées. Mais quand on se dit savant, on ne peut pas nier un fait comme celui-là.

— Je suppose que nous devrions faire quelques enquêtes, dit Pringle d'un ton de doute. Ne pourriez-vous téléphoner chez lui pour savoir s'il est rentré?

— Je ne sais pas s'il a le téléphone, répondit un peu distraitement Openshaw. Il habite quelque part du côté de Hampstead, je crois. Mais sans doute s'adresserait-on ici, si ses amis ou sa famille s'apercevaient de sa disparition.

— Pourrons-nous fournir un signalement si la police le demande? interrogea l'autre.

— La police! dit le professeur qui sortit de sa rêverie en sursautant. Un signalement!... Eh bien, il ressemblait terriblement à tout le monde, j'en ai peur, à l'exception de ses grosses lunettes bleues. Vous savez un de ces types complètement rasés... Mais la police!... Dites-moi, qu'allons-nous faire au sujet de cette histoire insensée?

— Moi, je sais ce que je dois faire, répondit fermement le Révérend Pringle. Je vais de ce pas porter le livre au Dr Hankey et lui demander ce que tout cela signifie. Il n'habite pas très loin d'ici, et je reviendrai tout de suite vous dire ce qu'il en pense.

— Très bien, dit enfin le professeur.

Il s'assit avec lassitude. Il était peut-être soulagé d'être débarrassé pour le moment de toute responsabilité, mais longtemps après que les pas rapides et sonores du petit missionnaire se furent éloignés dans la rue, le professeur resta assis dans la même attitude, les yeux fixés dans le vide, comme un homme en extase.

Il était dans le même fauteuil, et presque dans la même position, quand le même pas décidé résonna sur le trottoir dehors, et le missionnaire entra, cette fois — le professeur s'en assura d'un coup d'œil — les mains vides.

— Le Dr Hankey veut garder le livre une heure et réfléchir, dit gravement Pringle. Il nous demande d'aller le voir ensuite tous les deux et il nous fera part de sa décision. Il désire tout particulièrement, monsieur le Professeur, que vous vous joigniez à moi pour cette seconde visite.

Openshaw continua à fixer le vide en silence, puis il demanda brusquement :

— Qui diable est le Dr Hankey ?

— Vous dites cela comme si vous pensiez qu'il est le diable, dit Pringle en souriant. J'imagine que d'autres le pensent aussi. Il a une grande réputation dans votre propre domaine, mais il l'a gagnée surtout aux Indes en étudiant la magie; aussi est-il peut-être moins bien connu ici. C'est un petit diable jaune, sec comme un coup de trique, boiteux, avec un caractère de chien ; il s'est fixé ici, il a une clientèle respectable et je ne sais rien qui soit à son désavantage – à moins que ce ne soit un désavantage d'être la seule personne capable de tirer au clair cette histoire à dormir debout.

Le professeur Openshaw se leva lourdement et alla au téléphone ; il appela le Père Brown et lui demanda de le rejoindre à dîner, et non à déjeuner, afin qu'il pût être libre pour aller en expédition chez le médecin anglo-hindou ; après quoi il se rassit, alluma un cigare et se plongea de nouveau dans d'insondables pensées.

Le Père Brown se rendit au restaurant à l'heure du dîner et croqua le marmot un certain temps dans un vestibule plein de miroirs et de palmiers dans des caisses ; il avait été informé de l'emploi que Openshaw devait faire de son après-midi, et comme le soir tombait, sombre et orageux, autour des glaces et des plantes vertes, il devina que la visite projetée avait eu pour conséquence un événement inattendu et indûment prolongé. Il se demanda même un moment si le professeur reparaîtrait, mais lorsque le professeur se montra, le Père Brown comprit que ses autres hypothèses tombaient juste. Car ce fut un professeur aux yeux égarés et aux cheveux hérissés qui finit par revenir avec M. Pringle d'une expédition au nord de Londres, où les faubourgs encore bordés de déserts salubres et de restes de prés s'assombrissaient sous un orageux coucher de soleil. Cependant, ils avaient apparemment trouvé la maison, un peu à l'écart, quoique à portée de voix des autres édifices ; ils avaient vérifié la plaque de cuivre où étaient gravés ces mots : « I.L. Hankey, ancien interne des hôpitaux. » Seulement, ils n'avaient pas trouvé I.L. Hankey, « ancien interne des hôpitaux ». Ils trouvèrent ce qu'une secrète voix de cauchemar les avait déjà préparés à trouver : un banal cabinet de consultations avec le livre maudit jeté sur une table comme si quelqu'un venait de le lire, et plus loin, une porte de service largement ouverte, puis de faibles traces de pas dans une allée de jardin si escarpée qu'il semblait impossible qu'un boiteux l'eût gravie avec tant de légèreté. Mais c'était un boiteux qui avait couru, car, dans ces quelques pas, on distinguait la marque inégale et brouillée d'une botte orthopédique, ensuite deux empreintes de la botte seule – comme si le boiteux avait sauté sur un pied – puis plus rien.

Il n'y avait pas autre chose à apprendre du Dr Hankey, excepté qu'il avait pris sa décision. Il avait lu l'oracle et reçu le châtiment.

Quand le professeur et le missionnaire eurent franchi la porte sous les palmiers, Pringle posa brusquement le livre sur une petite table comme s'il lui brûlait les doigts. Le prêtre y jeta un regard curieux, il n'y avait sur la couverture qu'une gravure grossière avec un distique :

« Qui ouvre ce livre une fois,
Du Dragon ailé est la proie. »

Et, en dessous, comme il le découvrit plus tard, des avertissements analogues en grec, latin et français.

Les deux autres, avec un élan naturel, avaient cherché un soulagement à leur fatigue et à leur perplexité, et Openshaw avait appelé un garçon qui apporta des cocktails sur un plateau.

— Vous dînez avec nous, j'espère? dit le professeur au missionnaire.

Mais M. Pringle secoua aimablement la tête.

— Excusez-moi, dit-il, je m'en vais livrer bataille à ce livre et à tout ce mystère. Vous me permettez de me réfugier dans votre bureau une heure ou deux?

— Malheureusement, il est fermé à clef, répondit Openshaw un peu surpris.

— Vous oubliez qu'il y a un trou dans la fenêtre.

Le Révérend Luke Pringle eut le plus large de ses sourires et disparut dans la nuit noire.

— C'est un drôle d'oiseau, après tout, dit le professeur, les sourcils froncés.

Il fut un peu surpris de s'apercevoir que le Père Brown parlait avec le garçon qui avait apporté les cocktails et que la conversation avait apparemment pour thème la vie intime du garçon, car il était question d'un bébé qui était maintenant hors de danger. Il exprima sa surprise et demanda comment le prêtre pouvait connaître cet homme. Mais le Père Brown se borna à répondre :

— Oh, je dîne ici tous les deux ou trois mois et je lui ai parlé de temps en temps.

Le professeur qui, lui-même, dînait là environ cinq fois par semaine, se rendit compte qu'il n'avait jamais pensé à parler au garçon, mais ses pensées furent interrompues par une sonnerie stridente et une invitation à aller au téléphone.

La voix, à l'autre bout du fil, prononça le nom de Pringle ; c'était une voix sourde, mais il n'était pas étonnant qu'elle fût assourdie par les fourrés de barbe et de favoris. Le message suffisait pour établir l'identité du personnage.

– Monsieur le Professeur, dit la voix, je ne peux plus le supporter. Je vais tenter l'expérience moi-même. Je vous parle de votre bureau et le livre est devant moi. Si quelque chose m'arrive, ce sera mon dernier adieu. Non, inutile d'essayer de me dissuader. Vous n'arriverez pas à temps d'ailleurs. J'ouvre le livre maintenant. Je...

Openshaw crut entendre quelque chose, comme une sorte de vibration ou de frémissement, un fracas lointain et presque sourd ; il cria plusieurs fois le nom de Pringle, mais il n'entendit plus rien ; il raccrocha le récepteur et, recouvrant un calme qui ressemblait au calme du désespoir, retourna dans la salle du restaurant et s'assit tranquillement. Puis, avec autant de froideur que s'il décrivait le fiasco de quelque petite supercherie maladroite dans une séance, il raconta au prêtre chaque détail de ce mystère monstrueux.

– Cinq hommes ont déjà disparu de cette inconcevable façon, conclut-il. Chaque cas est extraordinaire, et cependant, le seul que je ne puisse digérer est celui de mon secrétaire Berridge. C'est parce que c'était l'être le plus paisible du monde que sa disparition est la plus bizarre.

– Oui, répliqua le Père Brown, c'est une chose bizarre qui ne ressemble pas à Berridge. Il était terriblement consciencieux. Il avait toujours si grand besoin de ne pas mêler le travail du bureau à ses farces. Personne ne savait que c'était un humoriste chez lui et...

— Berridge? cria le professeur. De quoi diable parlez-vous? Le connaissez-vous?

— Oh, non, répondit le Père Brown avec négligence. Seulement comme vous dites que je connais le garçon. J'ai eu souvent à attendre dans votre bureau jusqu'à ce que vous arriviez et bien entendu je passais mon temps avec le pauvre Berridge. C'était un vrai type! Il m'a dit une fois, je m'en souviens, qu'il aimerait collectionner les objets sans valeur, comme les collectionneurs entassent les bagatelles qu'ils jugent précieuses. Vous connaissez la vieille histoire sur la femme qui collectionnait les objets sans valeur?

— Je ne sais pas de quoi vous parlez, dit Openshaw, mais même si mon secrétaire était original — et je n'ai jamais connu un homme qui le paraisse moins — cela n'expliquerait pas son aventure et encore moins celle des autres.

— Quels autres? demanda le prêtre.

Le professeur le regarda bouche bée et expliqua en détachant chaque syllabe comme on parle à un enfant:

— Mon cher Père Brown, cinq hommes-ont-dis-pa-ru.

— Mon cher professeur Openshaw, personne n'a disparu.

Le Père Brown regardait son hôte avec autant de fixité et parlait avec une égale insistance. Cependant, le professeur lui fit répéter ses paroles, et elles furent répétées avec la même énergie.

– Je dis que personne n'a disparu.
Après un moment de silence, il ajouta :
– Rien n'est plus difficile, je crois, que de convaincre quelqu'un que zéro plus zéro plus zéro égale zéro. Les hommes croient les choses les plus extravagantes si elles se présentent en série. C'est pour cela que Macbeth a cru les trois saluts des trois sorcières, bien que le premier fût un titre qu'il possédait déjà et le dernier un titre qu'il pouvait acquérir lui-même. Mais dans votre cas, le terme du milieu est le plus faible de tous.
– Que voulez-vous dire ?
– Vous n'avez assisté à aucune disparition. Vous n'avez pas vu l'homme disparaître du bateau. Vous n'avez pas vu l'homme disparaître de la tente. Tout cela repose sur la parole de M. Pringle, que je ne veux pas mettre en doute pour le moment. Mais vous admettrez cela : vous n'auriez jamais vous-même accepté sa parole, si elle n'avait été confirmée par la disparition de votre secrétaire ; tout comme Macbeth n'aurait jamais cru qu'il serait roi si le titre de Cawdor ne lui eût été octroyé.
– C'est peut-être vrai, dit le professeur en hochant lentement la tête, mais quand sa parole a été confirmée, j'ai su que c'était la vérité. Vous dites que je n'ai rien vu moi-même. Mais si : j'ai vu disparaître mon propre secrétaire. Berridge a bel et bien disparu.
– Berridge n'a pas disparu, protesta le Père Brown. Au contraire.
– Au contraire ? Que diable voulez-vous dire ?
– Je veux dire, expliqua le Père Brown, qu'il n'a jamais disparu. Il a apparu.

Openshaw regarda son ami plus fixement que jamais : cependant ses yeux avaient déjà pris une expression différente comme lorsqu'ils se fixaient sur un nouvel aspect d'un problème. Le prêtre continua :

— Il a apparu dans votre bureau déguisé avec une barbe rousse très touffue et boutonné jusqu'au menton dans une cape grossière, et s'est annoncé comme le Révérend Luke Pringle. Et vous n'aviez jamais assez regardé votre propre secrétaire pour le reconnaître sous un déguisement aussi sommaire.

— Maïs sûrement..., commença le professeur.

— Pourriez-vous donner son signalement à la police ? demanda le Père Brown. Non. Vous saviez probablement qu'il était complètement rasé et portait des verres teintés ; et le simple fait d'enlever ses verres constituait un bien meilleur déguisement que tous les oripeaux du monde... Vous n'avez jamais vu ses yeux, pas plus que son âme, des yeux gais et rieurs. Il a préparé ce livre absurde et toute la mise en scène ; puis, avec calme, il a cassé un carreau, mis la barbe et la cape, et il est entré dans votre bureau. Il savait bien que vous ne l'aviez jamais regardé de votre vie.

— Mais pourquoi m'aurait-il joué un tour aussi insensé ? demanda Openshaw.

— Parce que vous ne l'aviez jamais regardé de votre vie, répéta le Père Brown.

Sa main se referma et il eût sans doute asséné un coup de poing sur la table, s'il avait eu l'habitude des grands gestes.

— Vous l'appeliez la Machine à calculer, parce qu'il ne vous servait qu'à cela. Vous n'avez jamais découvert ce que le premier venu qui entrait dans votre bureau découvrait en cinq minutes de bavardage : que c'était un original, qu'il aimait les farces et les singeries, qu'il avait son opinion sur vous et vos théories et votre réputation d'adresse à démasquer les gens. Ne pouvez-vous comprendre combien il lui démangeait de prouver que vous ne pourriez pas reconnaître votre secrétaire? Il a toutes sortes d'idées absurdes sur les collections d'objets inutiles, par exemple. Connaissez-vous l'histoire de la femme qui a acheté les deux choses les plus inutiles du monde : la plaque de cuivre d'un vieux médecin et une jambe de bois? Avec ces deux objets, votre ingénieux secrétaire a créé le personnage du remarquable Dr Hankey aussi facilement que le visionnaire capitaine Wales. Il les a créés dans sa propre maison...

— Voulez-vous dire que la maison que nous avons visitée du côté d'Hampstead est la demeure de Berridge? demanda Openshaw.

— Connaissez-vous sa maison ou même son adresse? riposta le prêtre. Ne croyez pas que je vous méprise, vous ou votre travail. Vous êtes un grand serviteur de la vérité, et vous savez que c'est une chose que je ne pourrai jamais mépriser. Vous avez démasqué un tas de menteurs. Mais ne regardez pas que les menteurs. De temps en temps, regardez donc les honnêtes gens comme le garçon qui nous sert.

— Où est Berridge maintenant? demanda le professeur après un long silence.

– De retour dans votre bureau, je n'en doute nullement. Il y est retourné à l'instant même où le Révérend Luke Pringle lisait le livre fatal et s'évaporait...

Il y eut encore un long silence; puis le professeur Openshaw se mit à rire, du rire d'un homme qui est assez grand pour se moquer de lui-même. Ensuite, il remarqua brusquement :

– Je méritais la leçon pour n'avoir pas prêté d'attention au plus proche de mes collaborateurs. Mais avouez que l'accumulation d'incidents était formidable. Vous-même, n'avez-vous pas eu peur au moins une minute de ce livre terrible?

– Moi? répliqua le Père Brown. Je l'ai ouvert dès que je l'ai vu devant moi. Ses pages étaient toutes blanches. Je ne suis pas superstitieux, moi.

L'HOMME VERT

Un jeune homme en culotte de sport, au profil aigu et passionné, jouait au golf tout seul sur le terrain parallèle à la plage et à la mer déjà obscurcies par le crépuscule. Il ne lançait pas sa balle nonchalamment, mais s'exerçait à exécuter certains coups avec une sorte d'ardeur microscopique, comme un ouragan adroit et méticuleux. Il avait appris beaucoup de jeux rapidement, mais il avait une tendance à les apprendre un peu plus vite qu'ils ne peuvent l'être. C'était une victime volontaire de ces annonces séduisantes qui vous promettent de vous enseigner le violon en six leçons, ou de vous faire acquérir un parfait accent français par un cours par correspondance. Il vivait dans l'atmosphère optimiste de ces offres aventureuses. Pour le moment il était secrétaire privé de l'Amiral Sir Michael Craven à qui appartenait la grande maison s'élevant au fond du parc contigu au terrain de golf. C'était un jeune homme ambitieux, qui n'avait pas l'intention d'être jusqu'à la fin de ses jours le secrétaire privé de quelqu'un. Mais il était raisonnable et il savait que le meilleur moyen pour ne pas rester toujours secrétaire est d'être un excellent secrétaire. Il accomplissait donc son travail avec zèle et dépouillait la volumineuse correspondance de l'Amiral avec la même application et la même rapidité qu'il consacrait maintenant à sa balle de golf. Pour le moment il devait venir à bout de la correspondance tout seul et se fier à son propre jugement, car l'Amiral depuis six mois était à bord de son bateau et quoiqu'il fût sur le chemin du retour, on ne l'attendait pas avant plusieurs heures et peut-être plusieurs jours.

D'une enjambée de sportif, le jeune homme, dont le nom était Harold Harker, parvint au sommet du tertre de gazon qui formait un rempart au terrain de golf et comme il regardait la mer par-delà l'étendue des sables, il aperçut un étrange spectacle. Il ne le vit pas très clairement car le ciel couvert de nuages orageux s'assombrissait de minute en minute, mais, dans une sorte de mirage éphémère, il eut l'impression d'être le témoin d'une résurrection du passé ou d'un drame joué par des fantômes surgis d'un autre siècle de l'histoire.

Les dernières lueurs du soleil couchant jetaient de longues barres de cuivre et d'or au-dessus de la mer sombre qui paraissait noire plutôt que bleue, mais plus noirs encore, passèrent, se détachant nettement sur ces clartés attardées à l'ouest, telles des silhouettes dans une pantomime d'ombres chinoises, deux hommes coiffés de tricornes et l'épée au côté, comme s'ils venaient de débarquer des vaisseaux de bois de Nelson. Ce n'était pas du tout le genre d'hallucinations qu'aurait eu M. Harker s'il avait été porté aux hallucinations. C'étaient de ces jeunes gens qui sont à la fois imaginatifs et scientifiques et il eût plutôt imaginé les vaisseaux volants de l'avenir que les bateaux de guerre du passé. Il conclut donc avec beaucoup de raison qu'un futuriste lui-même doit croire le témoignage de ses yeux.

Son illusion ne dura guère plus d'une minute. Au second regard le spectacle était inhabituel, mais non pas fantastique. Les deux hommes qui marchaient à la file indienne sur le sable, à environ cinquante mètres l'un derrière l'autre, étaient de simples officiers de marine modernes, mais des officiers de marine portant ce grand uniforme presque ridicule dans sa splendeur que les officiers de marine ne revêtent que contraints et forcés pour les grandes cérémonies, par exemple quand un membre de la famille royale vient visiter leur navire. Celui qui marchait le premier semblait se soucier assez peu de son compagnon, Harker reconnut immédiatement le nez aquilin et la barbe en pointe de son propre patron, l'Amiral. Quant à l'autre, qui suivait ses traces, il ne le reconnut pas. Mais il était vaguement au courant des circonstances qui se rapportaient à cette solennité. Il savait que lorsque le bateau de l'Amiral accosterait dans le port voisin, il serait visité en grande pompe par un grand personnage; ce qui suffisait en partie à expliquer la tenue numéro un des officiers. Mais il connaissait aussi les officiers, tout au moins l'Amiral. Que l'Amiral eût pu décider de débarquer dans cet accoutrement, quand on aurait pu jurer qu'il aurait pris cinq minutes pour se mettre en civil ou tout au moins en petite tenue, cela dépassait l'entendement du secrétaire. C'était, semblait-il, la dernière chose qu'on eût pu attendre de lui. Ce fait demeura d'ailleurs pendant plusieurs semaines une des principales énigmes de cette énigmatique affaire. En tout cas, ces grands uniformes fantastiques, qui dans cette étendue déserte se détachaient sur la mer sombre et le sable, semblaient appartenir à un opéra-comique ou même à une opérette.

Le second officier était beaucoup plus singulier ; un peu par son aspect, malgré son correct uniforme de lieutenant, et encore plus par sa conduite. Il avançait avec une allure étrangement irrégulière et embarrassée, parfois lente et parfois rapide comme s'il ne savait pas s'il voulait rattraper l'Amiral ou non. L'Amiral était un peu sourd et certainement n'entendait aucun bruit de pas derrière lui sur le sable mou, mais si un détective avait examiné la trace de ces pas, il aurait eu à choisir entre une vingtaine d'hypothèses et se serait demandé s'il s'agissait de quelqu'un qui boitait ou qui dansait. Le visage de l'homme était basané et le crépuscule le rendait encore plus sombre et de temps en temps il levait des yeux étincelants qui trahissaient plus que tout l'agitation de son âme. Soudain il se mit à courir puis ralentit pour se pavaner d'un air dégagé. Ensuite il fit un geste dont M. Harker n'aurait jamais cru capable un officier de marine de l'escadre de Sa Majesté, même dans un asile d'aliénés. Il tira son épée.

Et à ce moment où la pantomime se transformait en drame les deux silhouettes disparurent derrière un promontoire. Le secrétaire ébahi eut juste le temps de remarquer que l'inconnu au teint basané qui avait repris une attitude nonchalante décapitait une touffe de chardons avec sa lame scintillante. Il semblait avoir abandonné toute idée de rattraper son compagnon. Mais M. Harker était pensif; le visage grave, il médita quelques instants, puis tourna le dos à la plage et rejoignit la route qui passait devant le portail de la grande maison et descendait à la mer en décrivant une longue courbe.

C'était par cette route sinueuse que l'on pouvait attendre l'Amiral, à en juger par la direction qu'il avait prise et en supposant, ce qui était tout naturel, qu'il se dirigeait vers sa demeure. Le chemin qui longeait la plage, en dessous du terrain de golf, obliquait derrière le promontoire, se transformait en route et remontait vers Craven House. Ce fut donc sur cette route que le secrétaire se précipita avec l'impétuosité qui le caractérisait pour rencontrer son patron qui revenait chez lui. Mais le patron apparemment ne revenait pas chez lui. Ce qui fut plus extraordinaire encore, c'est que le secrétaire ne rentra pas non plus, du moins il ne rentra que quelques heures plus tard, après un délai assez long pour susciter l'alarme et l'étonnement à Craven House.

Derrière les colonnes et les palmiers de cette maison de campagne qui ressemblait un peu trop à un palais, l'attente, en effet, se transformait lentement en inquiétude. Gryce, le majordome, gros homme bilieux, aussi taciturne avec les domestiques qu'avec ses maîtres, manifestait son agitation en faisant les cent pas dans le vestibule et de temps en temps s'approchait de la fenêtre pour scruter la route blanche qui descendait vers la mer. La sœur de l'Amiral, Marion, qui jouait chez lui le rôle de maîtresse de maison, avait le nez aquilin de son frère, avec une expression plus hautaine ; elle était bavarde, un peu décousue dans ses propos, mais ne manquait pas d'esprit et poussait volontiers des cris aigus de perruche.

La fille de l'Amiral, Olive, était brune, rêveuse, et, en général, gardait un silence mélancolique ; aussi sa tante se chargeait-elle ordinairement de la conversation sans en éprouver le moindre déplaisir. Mais la jeune fille était douée d'un rire imprévu qui était déjà très séduisant.

— Je ne peux pas imaginer pourquoi ils ne sont pas déjà là, déclara la vieille fille. Le facteur m'a dit qu'il avait vu l'Amiral sur la plage avec Rook, cet homme odieux. Pourquoi, je me le demande, l'appelle-t-on le lieutenant Rook...

— Peut-être, suggéra la mélancolique jeune fille avec un éclair de gaieté, on l'appelle lieutenant parce que tel est son titre.

— Je ne comprends pas pourquoi l'Amiral le garde, riposta sa tante comme si elle parlait d'une femme de chambre.

Elle était très fière de son frère qu'elle n'appelait jamais autrement que l'Amiral, mais ses idées sur la hiérarchie dans la marine étaient assez vagues.

— Roger Rook est boudeur, insociable et tout

ce que vous voudrez, répliqua Olive, mais cela ne l'empêche pas d'être un excellent marin.

— Un marin! cria sa tante d'une voix aiguë de perruche. Ce n'est pas ainsi que je me représente un marin. « La fillette entichée d'un marin », comme on chantait dans ma jeunesse... Imagine un peu! Il n'est ni gai, ni entreprenant, ni rien de tout cela. Il ne chante pas de joyeux refrains et ne danse pas aux sons de la cornemuse.

— Eh bien, observa sa nièce avec gravité, l'Amiral ne danse pas très souvent aux sons d'une cornemuse.

— Oh! tu comprends bien ce que je veux dire : ce n'est rien moins qu'un boute-en-train, répliqua la vieille fille. Le secrétaire ferait un meilleur marin que lui.

Le visage presque tragique d'Olive fut éclairé par une de ces ondes de rire qui la rajeunissaient.

— Je suis sûre que, pour vous faire plaisir, M. Harker danserait aux sons d'une cornemuse, dit-elle, et il dirait qu'il a appris en une demi-heure grâce aux conseils d'un manuel. Il apprend toujours des choses de ce genre.

Elle cessa brusquement de rire et regarda le visage anxieux de sa tante.

— Je ne vois pas pourquoi M. Harker ne rentre pas, ajouta-t-elle.

— Je me moque bien de M. Harker, répondit sa tante et elle se leva et alla à la fenêtre.

La lumière crépusculaire était passée du jaune au gris depuis longtemps et devenait maintenant presque blanche sous les rayons de la lune qui montait dans le ciel; le plage s'étendait à l'infini, plate et monotone, coupée seulement par un bouquet d'arbres rabougris qui entouraient un étang, et plus loin par les contours sombres et nus d'un cabaret sordide fréquenté par les pêcheurs et qui portait le nom de « *l'Homme Vert* ». Et la route et la plage étaient désertes. Personne n'avait vu la silhouette coiffée d'un tricorne qui au début de la soirée suivait le bord de la mer, ou l'autre silhouette plus étrange encore qui marchait derrière. Quant au secrétaire qui les avait vues, il était introuvable.

Minuit avait sonné depuis longtemps quand le secrétaire revint et réveilla tout le monde. Il était livide et avait l'air d'un fantôme à côté de l'inspecteur de police au visage impassible et au corps massif qui l'accompagnait. Cependant c'était le visage apathique, rouge, indifférent, plus encore que le visage blême et ravagé, qui semblait avoir emprunté le masque du destin. La nouvelle fut annoncée aux deux femmes avec autant de ménagements et de délicatesse que l'on put. Mais la nouvelle était tragique : l'Amiral Craven avait été trouvé dans les herbes et l'écume de l'étang sous les arbres ; il était mort noyé.

Tous ceux qui connaissent M. Harold Harker, le secrétaire, devineront que, malgré son émotion, dès le matin, il fut prêt à prendre en main la situation. Il saisit le bras de l'inspecteur qu'il avait rencontré la veille sur la route près de *l'Homme Vert* et l'entraîna dans une pièce pour avoir avec lui un entretien particulier. Là il interrogea l'inspecteur comme l'inspecteur aurait pu lui-même interroger un rustre. Mais l'inspecteur

Burns ne se laissait pas démonter et il était ou trop sot ou trop intelligent pour se formaliser de telles bagatelles. Bientôt il apparut qu'il n'était pas aussi bête qu'il en avait l'air, car il répondit aux questions impatientes de Harker avec lenteur, mais d'une façon méthodique et rationnelle.

— Eh bien, dit Harker, la tête bourrée des principes de nombreux manuels intitulés *« Devenez détective en dix jours »*, ou quelque chose d'approchant, eh bien, nous avons à envisager les trois hypothèses classiques : accident, suicide ou crime.

— Un accident me paraît tout à fait improbable, répondit le policier. Il ne faisait pas encore nuit et l'étang est à cinquante mètres de la route que l'Amiral connaissait comme sa poche. Il ne pouvait pas plus tomber dans cet étang qu'il ne serait allé s'allonger avec soin dans une mare en pleine rue. Quant au suicide, ce serait une grande responsabilité d'en parler, d'ailleurs je n'y crois pas. L'Amiral était un homme actif, comblé d'honneurs, riche comme Crésus, plusieurs fois millionnaire en fait ; bien que naturellement cela ne soit pas une raison concluante. Il jouissait d'un parfait équilibre et sa vie privée était heureuse. Ce n'était pas un homme à se noyer volontairement.

— Nous en arrivons donc à la troisième hypothèse, dit le secrétaire en baissant sa voix frémissante.

— Ne nous hâtons pas trop, dit l'inspecteur, au grand ennui de Harker qui était toujours pressé. Mais il y un ou deux détails qu'il faudrait connaître. Sa fortune, par exemple. Savez-vous qui héritera probablement ? Vous êtes son secrétaire particulier ; avez-vous entendu parler de son testament ?

— Ses affaires intimes ne me concernaient pas, répondit le jeune homme. Ses notaires sont MM. Willis, Hardman et Dyke de Suttford High Street, et je crois que le testament leur a été confié.

— Eh bien, autant vaut que j'aille les voir, dit l'inspecteur.

— Allons les voir tout de suite, s'écria l'impatient jeune homme.

Il arpenta deux ou trois fois la pièce avec agitation et fit de nouveau explosion.

— — Qu'avez-vous fait du corps, inspecteur ? demanda-t-il.

— Le Dr Straker est en train de l'examiner au poste de police. Son rapport sera prêt dans une heure ou deux.

— Espérons qu'il ne tardera pas trop, s'écria Harker. S'il nous rejoignait chez le notaire, cela nous ferait gagner du temps.

Puis il s'arrêta et son ton fougueux devint brusquement un peu embarrassé.

— Écoutez, dit-il. Je voudrais... il faut que nous fassions tout notre possible pour atténuer le chagrin de cette pauvre petite, la fille de l'Amiral. Elle a une idée qui est peut-être complètement ridicule, mais je ne voudrais pas la contrarier. Un de ses amis se trouve dans nos parages en ce moment et elle désirerait le consulter. C'est un nommé Brown ; un prêtre ou un ecclésiastique quelconque ; elle m'a donné son adresse. En ce qui me concerne, je n'ai pas grande confiance dans les prêtres ou les ecclésiastiques, mais...

L'inspecteur hocha la tête.

– Je n'ai pas grande confiance dans les prêtres et les ecclésiastiques, mais j'ai grande confiance dans le Père Brown, dit-il. J'ai eu l'occasion de travailler avec lui à propos d'une affaire de bijoux tout à fait bizarre. Il a raté sa vocation en se faisant prêtre ; il était né pour être détective.

– Parfait! s'écria le secrétaire en se précipitant hors de la pièce. Qu'il aille aussi chez le notaire.

Sans autre délai ils se hâtèrent de se rendre dans la ville voisine où ils devaient retrouver le Dr Straker. Le Père Brown était installé chez le notaire, les mains croisées sur son grand parapluie et conversait gaiement avec le seul représentant disponible de l'étude, M. Dyke. Le Dr Straker était également là, mais apparemment il venait d'arriver, car il plaçait avec soin ses gants dans son chapeau et son chapeau sur une petite table. Le sourire radieux qui éclairait le visage de pleine lune du prêtre ainsi que le petit rire silencieux du bon vieux notaire à cheveux gris suffisaient à indiquer que le docteur n'avait pas encore ouvert la bouche pour annoncer la tragédie.

– La matinée est belle, disait le Père Brown. L'orage, semble-t-il, s'est éloigné. Il y avait tout à l'heure quelques gros nuages noirs, mais pas une goutte de pluie n'est tombée.

– Pas une goutte, convint M. Dyke, le notaire, en jouant avec un porte-plume. Il n'y a plus un seul nuage dans le ciel. Ce serait un jour idéal pour une excursion.

Puis il s'aperçut de la présence des nouveaux venus, posa sa plume et se leva.

— Ah! Monsieur Harker, comment allez-vous? Il paraît qu'on attend l'Amiral d'un moment à l'autre.

Harker prit la parole, et sa voix sourde résonna dans la pièce.

— Malheureusement nous apportons une mauvaise nouvelle. L'Amiral Craven s'est noyé avant d'arriver chez lui.

L'atmosphère changea brusquement et un silence de mort plana dans le bureau, mais l'attitude des hommes resta la même. Tous les deux regardaient fixement le secrétaire comme si une plaisanterie s'était figée sur leurs lèvres. Tous les deux répétèrent le mot « noyé », échangèrent un regard et leurs yeux se portèrent de nouveau sur leur interlocuteur. Puis Harker fut assailli d'une avalanche de questions.

— Quand cela est-il arrivé? demanda le prêtre.

— Où l'a-t-on trouvé? demanda le notaire.

— On l'a trouvé dans l'étang, répondit l'inspecteur, non loin de *l'Homme Vert*; il était tout couvert d'écume verte et d'herbes; on avait peine à le reconnaître. Le Dr Straker vous dira... Qu'avez-vous, Père Brown? Êtes-vous malade?

— *L'Homme Vert*, dit le Père Brown, avec un frisson. Excusez-moi... Ce détail m'a bouleversé.

— Quel détail? demanda le policier étonné.

— D'apprendre qu'il était couvert d'écume verte, répondit le prêtre avec un rire un peu forcé. Puis il ajouta d'une voix plus ferme : « Je le voyais plutôt revêtu d'un manteau de goémon. »

Tous les yeux étaient fixés sur le prêtre et on se demandait, non sans quelque raison, s'il n'était pas fou. Il y eut un silence et ce fut le médecin qui le rompit enfin.

Le Dr Straker était un homme remarquable, même physiquement. Il était très grand et anguleux, cérémonieux, et son allure et ses vêtements mêmes trahissaient sa profession. Il s'habillait à sa guise et suivait à peu près la mode en honneur au siècle dernier. Quoiqu'il fût encore jeune, il avait une longue barbe châtain clair qui s'étalait sur son gilet et faisait ressortir la pâleur singulière de ses traits à la fois durs et sympathiques. Il eût été beau si ses yeux graves n'eussent pas été altérés par quelque chose qui n'était pas un strabisme, mais l'ombre d'un strabisme. Tout le monde remarqua ces particularités, parce que dès qu'il parla, une autorité indescriptible émana de lui. Il se borna à annoncer :

– Si les détails vous intéressent, il y a encore quelque chose à dire sur la façon dont l'Amiral Craven s'est noyé.

Puis il ajouta d'un ton méditatif :

– L'Amiral Craven ne s'est pas noyé.

L'inspecteur sortit de son apathie et lui posa une question avec une vivacité dont on ne l'eût pas cru capable.

– Je viens d'examiner le corps, reprit le Dr Straker, l'Amiral a été tué par une blessure en plein cœur faite avec une lame aiguë comme celle d'un stylet. C'est après la mort, et même quelque temps après, que le cadavre a été caché dans l'étang.

Le Père Brown fixait sur le médecin des yeux où brillait une flamme qu'on y voyait rarement et, quand le groupe se dispersa, il s'arrangea pour suivre le praticien afin de prolonger la conversation dans la rue. Plus rien ne le retenait dans l'étude, excepté la question du testament. L'impatience du secrétaire avait été un peu mise à l'épreuve par la discrétion du vieux notaire. Mais M. Dyke fut enfin persuadé, plus encore par le tact du prêtre que par l'autorité du policier, que faire un mystère était inutile. Il reconnut avec un sourire que le testament était un document très régulier et très simple, que l'Amiral laissait toute sa fortune à sa fille unique, Olive, et qu'il n'y avait vraiment aucune raison particulière pour cacher ce fait.

Le médecin et le prêtre descendirent lentement la rue qui sortait de la ville dans la direction de Craven House. Harker les avait devancés avec sa hâte habituelle d'arriver au but ; mais les deux hommes qui étaient derrière lui semblaient prendre plus d'intérêt à leur conversation qu'à la direction qu'ils suivaient. Ce fut d'un ton plutôt énigmatique que le grand docteur dit au petit ecclésiastique à côté de lui :

– Eh bien, Père Brown, que pensez-vous de cette affaire ?

Le Père Brown fixa sur lui un regard attentif et répondit :

– J'ai pensé à une ou deux choses, mais ma principale difficulté est que je connaissais à peine l'Amiral, bien que j'ai vu quelquefois sa fille.

— L'Amiral, remarqua le médecin qui s'était composé un masque farouche, était un de ces hommes dont on dit qu'ils n'ont pas un seul ennemi au monde.

— C'est insinuer qu'il ne comptait pas que des amis, répondit le prêtre.

— Oh! cela ne me regarde pas, se hâta de riposter Straker d'un ton dur... Il avait des lubies. Il m'a menacé une fois d'un procès après une intervention chirurgicale, puis il s'est ravisé. J'imagine qu'il pouvait être très désagréable avec ses subalternes.

Les yeux du Père Brown étaient fixés sur la silhouette du secrétaire qui marchait devant eux à grands pas, et soudain il comprit la cause particulière de cette hâte. A environ cinquante mètres, la fille de l'Amiral flânait sur la route dans la direction de la maison de son père. Le secrétaire la rejoignit en quelques enjambées et pendant le reste du trajet, le Père Brown contempla le drame silencieux des deux dos humains qui rapetissaient en s'éloignant. Le secrétaire était évidemment très ému; mais si le prêtre devinait la cause de cette émotion, il la garda pour lui. Quand il arriva au coin de la rue où se trouvait la demeure du docteur, il se contenta de dire brièvement:

— N'avez-vous rien de plus à me dire?

— Pourquoi?... commença le médecin avec brusquerie.

Et il s'interrompit et s'éloigna, sans expliquer s'il demandait pourquoi il aurait quelque chose à dire ou pourquoi il la dirait.

Le Père Brown continua son chemin tout seul sur les traces des deux jeunes gens; mais quand il arriva devant le portail de l'Amiral et entra dans l'avenue, il fut arrêté par la jeune fille qui revenait sur ses pas et l'accosta; son visage d'une pâleur anormale et ses yeux étincelants révélaient qu'elle était en proie à une émotion inexprimable.

— Père Brown, dit-elle à voix basse, il faut que je vous parle le plus tôt possible. Il faut que vous m'écoutiez, je ne vois aucun autre moyen...

— Certainement, répondit-il avec autant de calme que si un gamin des rues lui eût demandé l'heure. Où voulez-vous que nous allions?

Le jeune fille le conduisit au hasard sous une des tonnelles à moitié écroulées du parc et ils s'assirent derrière un rideau de grandes feuilles déchiquetées. Elle commença aussitôt, comme si elle devait alléger son cœur ou s'évanouir.

— Harold Harker m'a parlé, dit-elle. Il m'a dit des choses terribles.

Le prêtre hocha la tête et la jeune fille se hâta de continuer :

— Il s'agit de Roger Rook. Avez-vous entendu parler de Roger?

— On m'a dit, répondit-il, que ses camarades l'ont surnommé le Joyeux Luron parce qu'il est aussi joyeux que le crâne et les tibias qui servent d'emblème aux pirates.

— Il n'a pas toujours été ainsi, dit Olive à voix basse. Il s'est transformé d'une façon étrange. Je le connaissais très bien quand nous étions enfants; nous nous amusions ensemble sur la plage. Il était un peu braque et rêvait d'être pirate; c'était de ces gamins que la lecture des romans policiers peut conduire au crime, mais il était pirate à la manière d'un poète. C'était alors vraiment un joyeux luron. Il s'est bel et bien sauvé de la maison paternelle pour s'engager dans la marine comme le font les héros des vieilles légendes. Sa famille a fini par consentir à ce qu'il suive sa vocation. Mais...

– Eh bien? dit le Père Brown avec patience.

– Mais, avoua-t-elle avec un de ses rares accès de gaieté, je crois que le pauvre Roger a été très déçu. Il est si rare de nos jours que les officiers de marine se promènent avec des couteaux entre les dents ou brandissent des poignards ensanglantés et des drapeaux noirs. Mais cela n'explique pas le changement qui s'est opéré en lui. Il s'est momifié, il est devenu sombre et muet et ressemble à une âme en peine. Il m'évite avec soin, mais cela n'a pas d'importance. Je supposais que quelque grand chagrin qui ne me regardait pas lui avait brisé le cœur. Et maintenant... si ce que dit Harold est vrai il ne s'agit pas d'un chagrin : il devient fou ou il est possédé par le démon.

– Et que dit Harold? demanda le prêtre.

– C'est si terrible que je peux à peine le répéter, répondit-elle. Il jure qu'il a vu Roger suivre mon père le soir du drame : après une hésitation, il a tiré son épée... et le docteur affirme que papa a été tué avec une pointe d'acier... Je ne peux pas croire que Roger Rook est capable d'un crime. Il est rancunier et mon père avait mauvais caractère; ils se disputaient de temps en temps, mais que prouvent ces disputes? Je ne peux pas dire exactement que je défends un vieil ami, puisqu'il ne me témoigne aucune amitié, mais quand on a toujours connu quelqu'un, on ne peut s'empêcher d'être sûr de lui. Cependant Harold jure que...

— Harold semble jurer beaucoup, dit le Père Brown.

Il y eut un brusque silence, puis la jeune fille ajouta d'un ton différent :

— Eh bien, il jure d'autres choses aussi. Harold Harker vient de me demander de l'épouser.

— Dois-je vous féliciter ou plutôt le féliciter, lui ? demanda son compagnon.

— Je lui ai dit d'attendre. Il ne sait pas attendre.

Elle fut de nouveau secouée par une de ses cascades de fou rire.

— Il a dit que j'étais son idéal et son ambition, etc., etc. Il a habité les Etats-Unis, je n'y pense jamais quand il parle de dollars, mais cela me revient à l'esprit quand il parle d'idéal.

— Et je suppose, dit très doucement le Père Brown, que c'est parce qu'il vous faut donner une réponse à Harold que vous voulez connaître la vérité sur Roger.

Elle se raidit et fronça les sourcils, puis sourit brusquement et avoua :

— Oh ! vous devinez tout !

— Je devine très peu de choses, surtout dans cette affaire, dit gravement le prêtre. Je sais seulement qui a assassiné votre père.

Elle tressaillit, devint toute pâle et fixa sur lui des yeux épouvantés. Le Père Brown fit une grimace et continua :

— Je me suis rendu ridicule quand je l'ai compris; on venait de demander où son corps avait été retrouvé et on parlait d'écume verte et de *l'Homme Vert*.

Alors il se leva, étreignant son inélégant parapluie d'un geste déterminé, et s'adressa à la jeune fille avec un redoublement de gravité :

— Je sais une autre chose qui est la clef de toutes les énigmes, mais je ne vous la dirai pas encore. C'est une nouvelle désagréable, mais moins désagréable que ce que vous imaginez.

Il boutonna son manteau et descendit l'avenue.

— Je vais voir votre M. Rook. Dans une cabane sur la plage près de l'endroit où M. Rook l'a aperçu. Je crois que c'est là qu'il habite.

Et il s'en alla d'un pas rapide dans la direction de la plage.

Olive avait de l'imagination, trop peut-être pour qu'il fût prudent de la laisser rêvasser sur d'aussi énigmatiques allusions; mais son vieil ami était pressé d'apporter un remède à ces tristes rêveries. Le mystérieux rapport entre le trait de lumière qui avait frappé le Père Brown et les remarques fortuites sur l'étang et l'auberge obsédaient l'esprit de la jeune fille et prenaient la forme de cent affreux symboles. *L'Homme Vert* devint un fantôme chargé d'herbes nauséabondes errant dans la campagne sous la lune; l'enseigne de *l'Homme Vert* se transforma en une silhouette humaine pendue à un gibet, et la taverne elle-même devint une grotte, une sombre caverne sous-marine pour les marins morts. Et cependant le Père Brown avait pris la méthode la plus rapide pour dissiper ces cauchemars avec une clarté aveuglante plus mystérieuse encore que les ténèbres de la nuit.

Car avant le coucher du soleil un nouvel événement vint bouleverser la vie d'Olive et mettre sens dessus dessous son univers ; un événement qu'elle désirait sans s'en rendre compte et qui était comme un vœu brusquement exaucé ; un événement qui ressemblait à un rêve ancien et familier et cependant restait incompréhensible et incroyable.

Car Roger Rook traversait la plage à grandes enjambées et bien qu'il ne fût encore qu'un point au loin, elle s'aperçut qu'il était transfiguré ; quand il s'approcha elle vit que son visage brun était animé par le rire et l'allégresse. Il alla droit à elle comme s'ils ne s'étaient jamais séparés et la saisit par les épaules en disant :

– Maintenant, grâce à Dieu, je pourrai prendre soin de vous.

Elle sut à peine ce qu'elle répondait, mais non sans quelque incohérence elle lui demanda pourquoi il paraissait si changé et si heureux.

– Parce que, dit-il, j'ai appris la mauvaise nouvelle.

Toutes les personnes intéressées, et même quelques-unes qui ne l'étaient pas, se trouvèrent réunies dans l'allée du jardin qui conduisait à Craven House pour écouter la lecture du testament – ce qui n'était plus d'ailleurs maintenant que simple formalité – et les conseils pratiques que le notaire ajouterait fort probablement. En plus du tabellion à cheveux gris, lui-même armé du testament, il y avait là l'inspecteur armé de son autorité contre les transgresseurs de la loi et le lieutement Rook qui ne quittait pas Olive des yeux ; certains furent un peu étonnés de voir la haute silhouette du médecin, d'autres ne purent réprimer un sourire en apercevant la silhouette courtaude du prêtre. M. Harker, ce Mercure aux pieds ailés, s'était élancé vers les grilles pour leur souhaiter la bienvenue, les avait accompagnés sur la pelouse, puis était reparti en courant pour préparer leur réception. Il promit d'être de retour en un clin d'œil et les témoins de ce déploiement d'énergie n'en pouvaient douter ; cependant pour le moment ils restaient un peu désorientés sur la pelouse, devant la maison.

— Il fait penser à un joueur de cricket, remarqua le lieutenant.

— Ce jeune homme, renchérit le notaire, est contrarié que la loi ne puisse se mouvoir aussi rapidement que lui. Par bonheur, Miss Craven comprend les lenteurs professionnelles de la loi et ses délais. Elle a eu la bonté de m'assurer que, malgré tout, elle ne me retirait pas sa confiance.

— Je voudrais, dit brusquement le médecin, avoir autant de confiance en la rapidité de Harker.

— Pourquoi ? Que voulez-vous dire ? demanda Rook en fronçant les sourcils. Trouvez-vous que Harker est trop rapide ?

— Trop rapide et trop lent, répliqua le Dr Straker de son ton énigmatique. En une occasion au moins, il n'a pas été aussi prompt. Pourquoi a-t-il rôdé la moitié de la nuit autour de l'étang de *l'Homme Vert* avant que l'inspecteur arrive et trouve le corps? Pourquoi est-il allé au-devant de l'inspecteur? Pourquoi s'attendait-il à rencontrer l'inspecteur – devant *l'Homme Vert*?

– Je ne comprends pas, interrompit Rook, croyez-vous que Harker n'a pas dit la vérité?

Le Dr Straker garda le silence. Le notaire aux cheveux gris eut un petit rire indulgent.

– Pour moi, je n'ai rien de grave à reprocher à ce jeune homme, remarqua-t-il; il a simplement fait une tentative pour m'apprendre mon propre métier; c'est tout à son honneur.

– Il a fait une tentative pour m'apprendre le mien aussi, dit l'inspecteur qui venait de se joindre au groupe. Mais cela n'a pas beaucoup d'importance. Ce qui a de l'importance, ce sont les allusions du Dr Straker si vraiment elles veulent dire quelque chose. Je vous serais obligé de parler clairement, docteur. J'aurai peut-être alors le devoir de soumettre Harker à un interrogatoire immédiat.

– Le voici, annonça Rook.

La vive silhouette du secrétaire se dressait de nouveau dans l'embrasure de la porte.

A cet instant le Père Brown, qui était resté silencieux et effacé à l'arrière du cortège, eut un geste qui sidéra tout le monde; surtout peut-être ceux qui le connaissaient. Non seulement il s'avança, mais il se retourna et fit face au groupe avec une expression autoritaire et presque menaçante, comme un sergent qui ordonne à ses soldats de faire halte.

– Ne bougez pas, dit-il d'un ton presque

sévère. Je m'excuse auprès de vous, mais il est absolument nécessaire que je voie M. Harker le premier. J'ai à lui dire une chose que je sais, et je ne crois pas qu'aucun de vous la connaisse; une chose qu'il faut qu'il sache. Cela pourra éviter plus tard un malentendu tragique.

— De quoi diable parlez-vous? demanda le vieux Dyke, le notaire.

— Je parle de la mauvaise nouvelle, répondit le Père Brown.

— Dites donc..., commença l'inspecteur avec indignation.

Mais il rencontra les yeux du prêtre et se souvint d'étranges événements dont il avait été le témoin dans le passé.

— Si ce n'était pas vous, je dirais que vous avez un sacré toupet...

Mais le Père Brown était déjà hors de portée de la voix et un moment après il était en grande conversation avec Harker sur le perron. Ils firent ensemble quelques pas et disparurent dans la maison. Environ douze minutes plus tard, le Père Brown sortit tout seul.

A la grande surprise des spectateurs, il ne manifesta pas l'intention de retourner dans la maison maintenant que tout le monde se disposait enfin à y entrer. Il se jeta sur un banc un peu branlant de la tonnelle touffue et comme le cortège franchissait le seuil de la porte, il alluma une pipe et se mit à contempler d'un air distrait les longues feuilles déchiquetées au-dessus de sa tête et à écouter les oiseaux. Aucun homme ne se livrait au farniente avec autant de zèle et de persévérance.

Il était selon toute apparence plongé dans un nuage de fumée et dans un rêve éthéré quand la porte d'entrée s'ouvrit de nouveau brusquement et deux ou trois personnes sortirent à la débandade et coururent vers lui, la fille de la maison et son jeune admirateur, M. Rook, arrivèrent facilement bons premiers. Un indicible étonnement se peignait sur leur visage; l'inspecteur Burns, qui s'avançait derrière eux avec la lourdeur d'un éléphant et dont le pas ébranlait le jardin, était rouge d'indignation.

– Que veut dire cela? cria Olive en s'arrêtant essoufflée. Il est parti!

– Il a décampé! éclata le lieutenant. Harker a fourré un peu de linge dans une valise et a pris la fuite. Il est parti par la porte de service, a sauté le mur du jardin et Dieu sait où il est allé. Que lui avez-vous dit?

– Mon Dieu! gémit l'inspecteur en s'élançant au milieu d'eux. Qu'avez-vous fait? Pourquoi m'avez-vous ainsi coupé l'herbe sous les pieds?

– Ce que j'ai fait? répéta le Père Brown.

– Vous avez permis à un assassin de s'enfuir, cria Burns d'une voix énergique qui retentit comme un coup de tonnerre dans le jardin paisible. Vous avez favorisé la fuite d'un assassin. Idiot que je suis, je vous ai laissé le temps de l'avertir et maintenant il est loin!

– J'ai aidé quelques assassins dans ma vie, c'est vrai, dit le Père Brown.

Et il ajouta pour bien mettre les choses au point :

– Mais vous comprenez bien que je ne les ai pas aidés à commettre leur crime.

— Vous saviez la vérité, insista Olive. Vous aviez deviné dès le début qu'il était coupable. C'est ce qui vous a bouleversé quand on a parlé de la découverte du corps. Et le docteur avait la même pensée; il a même dit que mon père pouvait être détesté par ses subalternes.

— C'est bien ce que je vous reproche, s'écria le policier avec indignation; vous saviez déjà que c'était lui le...

— Vous saviez déjà, insista Olive, que l'assassin était...

Le Père Brown hocha gravement la tête.

— Oui, dit-il, je savais déjà que l'assassin était le vieux Dyke.

— Qui? répéta l'inspecteur.

Et il s'arrêta au milieu d'un silence de mort ponctué seulement par les cris des oiseaux.

— Je veux dire, Maître Dyke, le notaire, expliqua le Père Brown comme on explique une règle élémentaire à une classe enfantine. Ce monsieur à cheveux gris qui, paraît-il, va lire le testament.

Ils restaient immobiles comme des statues, les yeux fixés sur lui pendant qu'il bourrait sa pipe avec soin et frottait une allumette. Enfin Burns, au prix d'un violent effort, obligea ses cordes vocales à rompre le silence suffocant.

— Mais au nom du ciel, pourquoi?

— Ah! pourquoi? répéta le prêtre et il se leva pensivement en tirant sur sa pipe. Vous voudriez connaître le motif de son crime... Eh bien, je suppose que le moment est venu de révéler, du moins à ceux d'entre vous qui l'ignorent encore, le fait qui est la clef de toute cette affaire. C'est un grand malheur et c'est un grand crime, mais je ne parle pas de l'assassinat de l'Amiral Craven.

Il regarda Olive bien en face et dit très gravement :

— Je vous annonce la mauvaise nouvelle brusquement et en peu de mots, parce que je crois que vous êtes assez courageuse, et peut-être assez heureuse, pour la supporter. Vous avez l'occasion, et je crois la force, de montrer que vous êtes une grande âme. En tout cas, vous n'êtes pas une grande héritière.

Dans le silence qui suivit il expliqua :

— La plus grande partie de la fortune de votre père, j'ai le regret de vous l'apprendre, a disparu. Elle a disparu, grâce à la dextérité financière du monsieur à cheveux gris nommé Dyke qui est, j'ai le regret de le dire, un escroc. Et cet escroc s'est transformé en assassin pour imposer silence à l'Amiral Craven. C'est la ruine de votre père qui explique tous les mystères de cette affaire.

Il tira une bouffée ou deux et continua :

— J'ai annoncé à M. Rook que vous aviez perdu votre héritage et il a pris ses jambes à son cou pour voler à votre secours. M. Rook est un jeune homme remarquable.

— Je vous en prie, s'écria M. Rook, furieux.

— M. Rook est un monstre, reprit le Père Brown, avec un calme scientifique. C'est un anachronisme, un atavisme, une relique de l'âge de pierre. S'il y a une superstition barbare que nous pensions morte et enterrée à notre époque, c'est bien cette notion de l'honneur et de l'indépendance. Mais mon rayon à moi ce sont les superstitions mortes. M. Rook est un animal des temps préhistoriques. C'est un plésiosaure. Il ne veut pas vivre aux crochets de sa femme ou avoir une femme qui pourrait le traiter de coureur de dot. Par conséquent il se tenait ridiculement à l'écart et n'est revenu à la vie que lorsque je lui ai annoncé la bonne nouvelle de votre ruine. Il voulait travailler pour sa femme et non être entretenu par elle. C'est grotesque, n'est-ce-pas? Passons à un sujet plus réconfortant, c'est-à-dire à M. Harker.

« J'ai annoncé à M. Harker que vous étiez ruinée et il s'est enfui en proie à la panique. Ne jugez pas trop durement M. Harker. Il avait vraiment de nobles enthousiasmes aussi bien que des enthousiasmes puérils, mais il les confondait. L'ambition n'est pas un mal, mais ses ambitions à lui, il leur donne le nom d'idéal. L'honneur tel qu'on le pratiquait autrefois a appris aux hommes à se méfier du succès, à dire : « C'est un gain, c'est peut-être un pot-de-vin. » Le mot d'ordre absurde et neuf fois maudit de notre époque est : « Réussir. » Il apprend aux hommes à identifier le bien et le gain. C'était tout ce qu'on peut lui reprocher; à part cela, c'est un très bon garçon et il y en a des milliers comme lui. Contempler les étoiles et faire son chemin dans le monde, voilà l'extase! Épouser une femme honnête et épouser une femme riche, c'est également réussir. Mais ce n'est pas un gredin cynique; sinon il serait resté; il vous aurait froidement tourné le dos ou vous aurait ri au nez, selon le cas. Il n'a pas osé se retrouver en face de vous; vous représentez la moitié de son idéal.

« Je n'ai pas annoncé la vérité à l'Amiral; mais quelqu'un m'a remplacé. Cette nouvelle lui est arrivée, je ne sais comment pendant la dernière grande revue à bord, il a appris que son ami, le notaire de la famille, avait trahi sa confiance. Il était dans une colère si furieuse qu'il fit ce qu'il n'aurait jamais fait s'il avait eu son sang-froid; il descendit sur le rivage avec son tricorne et ses galons d'or pour démasquer le criminel; il téléphona au poste de police et c'est pour cela que l'inspecteur errait aux alentours de *l'Homme Vert*. Le lieutenant Rook le suivit sur le rivage parce qu'il soupçonnait des ennuis de famille et espérait vaguement qu'il pourrait rendre service et être utile. De là son attitude hésitante. Et s'il a dégainé son épée tout en marchant, sans se douter que quelqu'un le voyait, c'est la faute de son imagination. C'est un jeune homme très romanesque qui a toujours eu des rêves de cape et d'épée. Après s'être enfui de chez lui pour être marin, il s'est trouvé dans un service où il n'avait même pas la permission de porter une épée, si ce n'est à peu près une fois tous les trois ans. Il se croyait absolument seul sur la plage où il jouait au temps de son enfance. Si son geste vous paraît incompréhensible, je ne peux que dire comme Stevenson : « Vous n'avez aucune disposition pour être pirate. » Et vous ne serez jamais poète, et vous n'avez jamais été enfant.

— Je n'ai jamais été pirate, répondit gravement Olive, et cependant il me semble que je comprends.

— Presque tout homme, continua le prêtre d'un

ton rêveur, aime à jouer avec un objet en forme d'épée ou de poignard, quand bien même ce ne serait qu'un beau coupe-papier. C'est pourquoi j'ai trouvé si bizarre que le notaire ne fût pas comme le commun des mortels.

– Que voulez-vous dire? demanda Burns. En quoi s'en distinguait-il?

– Vous n'avez donc pas remarqué? répondit Brown. A notre première réunion dans l'étude, le notaire jouait avec un porte-plume et non avec un coupe-papier; cependant il avait un coupe-papier d'acier étincelant, en forme de stylet. Les porte-plume étaient poussiéreux et tachés d'encre, mais le stylet venait d'être nettoyé. Cependant il ne le tournait pas dans ses doigts. L'humour des assassins a des limites.

Après un silence, l'inspecteur parla comme un homme qui s'éveille d'un rêve.

– Écoutez... Je ne sais plus si je suis sur ma tête ou sur mes talons; vous vous croyez peut-être arrivé à la fin de votre récit, mais moi je n'ai pas encore compris le commencement. D'où avez-vous sorti toute cette histoire? Qu'est-ce qui vous a mis sur cette piste?

Le Père Brown eut un rire bref et sans joie.

– L'assassin a commis une bévue au début, dit-il, et j'ai été le seul, je crois, à m'en apercevoir. Quand vous avez apporté la lugubre nouvelle à l'étude du notaire, personne ne savait rien, excepté qu'on attendait le retour de l'Amiral. Quand vous avez dit qu'il s'était noyé, j'ai demandé l'heure de l'accident et M. Dyke a demandé où le cadavre avait été trouvé.

Il s'arrêta un moment pour cogner sa pipe et reprit pensivement :
— Or, quand on vous dit d'un marin qui revient d'une traversée qu'il a été noyé, il est naturel de supposer qu'il s'est noyé dans la mer ou en tout cas d'admettre qu'il a pu se noyer en mer. Qu'il eût été balayé par une lame, qu'il eût sombré avec son bateau ou que son corps eût été immergé, on ne pouvait s'attendre à retrouver son corps. Dès que cet homme a posé cette question, j'ai été persuadé qu'il savait où le cadavre avait été trouvé. Parce que c'était lui qui l'avait mis là. Un marin noyé dans un étang à quelque cent mètres de la mer! L'assassin seul pouvait avoir cette idée saugrenue. C'est pour cela que j'ai été pris de mal au cœur et que je suis devenu vert, aussi vert sans doute que *l'Homme Vert*. Il m'est odieux d'être assis à côté d'un assassin; c'est une chose à laquelle je ne puis m'habituer; il a donc fallu que je détourne l'attention en parlant par paraboles; mais la parabole avait un sens. J'ai dit que le corps était couvert d'écume verte, mais que je le croyais plutôt revêtu d'un manteau de goémon.

Par bonheur la tragédie ne chasse pas l'idylle, toutes deux marchent souvent la main dans la main. Pendant que le notaire de l'étude Willis, Hardman et Dyke, se brûlait la cervelle, au moment où l'inspecteur entrait chez lui pour l'arrêter, Olive et Roger ressuscitaient sur la plage les jeux joyeux de leur enfance.

L'HOMME ÉCLAIR

L'étrange histoire des visiteurs baroques est restée célèbre dans le Sussex, sur ce coin de la côte où le spacieux hôtel dénommé *« La Guirlande de Mai »* somnole au milieu de son jardin en face de la mer. En effet, deux personnages dont le contraste accentuait le grotesque firent leur entrée dans cet hôtel paisible par un après-midi ensoleillé. L'un d'eux se détachait dans la lumière, visible de tous les coins de la plage grâce au turban d'un vert éclatant qui encadrait un visage basané et une barbe d'ébène; l'autre pouvait paraître encore plus absurde et plus cocasse à cause de son chapeau noir de pasteur qu'accompagnaient une moustache jaune et une jaune crinière de lion. Du moins celui-ci avait été vu souvent sur la grève prêchant ou conduisant l'orchestre d'une société de tempérance avec une pelle d'enfant; mais c'était bien la première fois qu'on le voyait pénétrer dans le bar d'un hôtel. L'arrivée de ces compagnons hétéroclites fut le point culminant de l'histoire mais non son commencement; et pour rendre aussi claire que possible cette mystérieuse affaire, le mieux est de commencer par le commencement.

Une demi-heure avant ces deux originaux, point de mire de tous les regards, deux autres individus fort banals avaient fait leur apparition dans l'hôtel sans attirer un seul regard. Le premier des deux hommes, de forte carrure, beau malgré sa lourdeur, avait le don d'occuper très peu de place et de se faire oublier; seul un examen attentif de ses souliers aurait révélé à un maniaque du soupçon que c'était un inspecteur de police en bourgeois; il était tout à fait habillé comme tout le monde. L'autre était un petit homme quelconque et son costume ne présentait d'autre particularité que d'être un costume de prêtre. Mais lui, personne ne l'avait vu prêcher sur la plage.

Ces voyageurs se trouvèrent dans une espèce de grand fumoir pourvu d'un bar, pour une raison qui détermina tous les événements de cet après-midi tragique. La vérité est que le respectable hôtel connu sous le nom de « *La Guirlande de Mai* » était en train d'être modernisé. D'aucuns qui l'avaient aimé sous son ancienne forme ne se gênaient pas pour dire qu'il était détérioré ou même massacré. Telle était l'opinion du ronchon du pays, M. Raggley, le vieil original qui sirotait du cherry-brandy dans un coin, en grommelant. En tout cas on avait eu soin de faire disparaître tous les vestiges du passé; cour après cour, chambre après chambre, l'ancienne auberge anglaise prenait l'aspect du palais en carton-pâte d'un usurier levantin, fabriqué dans un studio de

Hollywood. En un mot, un décorateur était à l'œuvre, mais le seul endroit où sa tâche était terminée et où les clients se sentaient à l'aise était cette vaste pièce de plain-pied avec le vestibule. Jadis elle était honorablement connue sous le titre de « buvette » et avait pris maintenant le nom mystérieux de « bar américain »; et le décorateur s'était plu à lui donner un air asiatique. En effet la note orientale prédominait dans le nouvel agencement des lieux. Les fusils suspendus à des clous, les gravures de chasse, le poisson empaillé sous globe avaient été remplacés par les festons et les astragales de draperies à la turque, des trophées, des cimeterres, des yatagans et des poignards, et ces décors barbares semblaient attendre la venue de l'étranger enturbanné. En réalité les rares hôtes qui se présentaient étaient tous introduits dans cette salle nettoyée et meublée, car les autres pièces de l'hôtel plus propres à recevoir des clients distingués étaient provisoirement inhabitables. Peut-être était-ce aussi pour cette raison que ces hôtes étaient un peu négligés, car le gérant et les autres employés étaient occupés ailleurs à donner des explications et des encouragements aux peintres ou aux maçons. En tout cas, les deux premiers voyageurs durent croquer le marmot un moment sans que personne leur demandât ce qu'ils souhaitaient.

Le bar était entièrement vide et l'inspecteur tambourinait avec impatience sur le zinc. Mais le petit prêtre s'était déjà jeté dans un fauteuil comme s'il avait, lui, tout son temps, et lorsque l'inspecteur tourna la tête, il vit que le visage de pleine lune de son ami avait pris cette expression ahurie et béate qui lui était coutumière. A travers ses lunettes rondes il semblait contempler le mur repeint de frais.

— Je vous offre deux sous pour vos pensées, dit l'inspecteur Greenwood, en s'éloignant du comptoir avec un soupir, vu que je n'ai pas d'autres moyens de dépenser mes sous. Cette pièce semble la seule qui ne soit pas pleine d'échelles et de seaux de peinture; elle est si déserte qu'il n'y a même pas un garçon pour me servir un bock.

— Oh, mes pensées ne valent pas deux sous, encore moins un pot de bière, répondit le prêtre qui essuyait ses lunettes. Je ne sais pas pourquoi, mais je pense qu'il serait bien facile ici de commettre un assassinat.

— Oh, vous pouvez parler, Père Brown, dit l'inspecteur avec bonhomie. Vous avez eu plus d'assassinats que votre part et nous, pauvres détectives, nous restons les bras croisés sans le plus petit crime à nous mettre sous la dent. Mais qu'est-ce qui vous fait dire... Ah! je vois! vous regardiez ces poignards turcs sur le mur. Il y a, en effet, assez d'objets propres à saigner un homme, mais pas plus que dans la première cuisine venue : couteaux à découper, tisonniers et tout le bataclan. Ce n'est pas ce qui manque quand on a envie de commettre un crime.

Le Père Brown un peu désorienté sembla rassembler ses pensées errantes et acquiesça.

— Un assassinat est toujours facile, reprit l'inspecteur Greenwood. Rien n'est même plus facile.

Je pourrais vous régler votre compte sur-le-champ avec moins de peine que je n'en aurais à me faire servir une consommation dans ce maudit bar. La seule difficulté est de commettre un crime sans se compromettre. On a quelque honte à s'avouer assassin. C'est cette sotte modestie des meurtriers, qui refusent de signer leur chef-d'œuvre, qui est le hic. Leur idée fixe c'est de tuer les gens tout en gardant l'anonymat; et c'est ce qui les retient, même dans une pièce pleine de poignards. Sans cela, toutes les boutiques de couteliers seraient encombrées de macchabées... Et soit dit en passant, ça explique quel est le seul genre de crime que l'on ne peut prévoir, et dont nous, pauvres flics, nous supportons la responsabilité, parce que nous ne l'avons pas prévu. Quand un fou se met dans la tête de supprimer un roi ou un président, on ne peut l'empêcher. Il est impossible de faire vivre un roi dans une cave ou de transporter un président dans un coffre d'acier. Quiconque ne voit pas d'inconvénient à être assassin peut les expédier *ad patres*. Le fou a un point de ressemblance avec le meurtrier : il n'appartient pas à ce monde. Un véritable fanatique peut mettre à mort qui lui plaît.

Le prêtre n'eut pas le temps de répondre. Une joyeuse troupe de commis voyageurs envahissait la salle comme une bande de marsouins; et un gros homme radieux, dont l'épingle de cravate rivalisait avec lui de grosseur et d'éclat, fit entendre une magnifique voix de basse. Le gérant, empressé et obséquieux, accourut comme un chien qu'on a sifflé avec une célérité que la police, privée de ses insignes, n'avait pas réussi à inspirer.

— Je vous demande mille fois pardon, monsieur Jukes, dit le gérant qui avait un sourire inquiet et une mèche ou un accroche-cœur de cheveux luisants de brillantine sur le front. Je manque de personnel en ce moment, et je suis tiré à quatre quartiers, monsieur Jukes.

M. Jukes fut magnanime autant que tapageur. Il offrit une tournée à la ronde sans oublier le gérant qui se confondit en courbettes. M. Jukes était le représentant d'une marque célèbre et en vogue de vins et spiritueux; peut-être jugeait-il que la parole lui revenait de droit dans un tel lieu. En tout cas, il s'embarqua dans un bruyant monologue et indiqua au gérant comment on s'y prend pour faire marcher un hôtel; tous les autres l'écoutaient bouche bée. Le policier et le prêtre s'étaient installés à l'écart sur un banc, devant une petite table au fond de la salle, et de là ils suivirent les événements jusqu'au moment où l'inspecteur, de par ses fonctions, fut appelé à intervenir.

Car l'imprévu ne tarda pas sous forme de la surprenante apparition d'un Asiatique basané en turban vert accompagné par l'apparition plus surprenante encore, si possible, d'un pasteur non conformiste. Ainsi des oiseaux de mauvais augure se montrent avant un malheur; dans le cas présent, le présage ne fait pas l'ombre d'un doute. Un gamin taciturne mais observateur qui récurait sans se presser les marches du perron, le barman brun et ventripotent, et même le gérant diplomate mais affolé furent témoins du prodige.

Ces apparitions, comme disent les sceptiques, étaient dues à des causes parfaitement naturelles. L'homme la crinière jaune et à la tenue d'ecclésiastique était connu, non seulement en tant que prêcheur sur la plage, mais en tant que propagandiste dans le monde entier. Ce n'était rien moins que le Révérend Davis Pryce-Jones dont le mot d'ordre, bruyamment proclamé, était la « Prohibition et la Purification pour notre pays et l'Empire britannique ». C'était un excellent orateur, un magnifique organisateur. Il avait été frappé par une idée qui depuis longtemps aurait dû venir à l'esprit des prohibitionnistes. C'était l'idée très simple que si la prohibition est juste et légitime, quelque honneur est dû au Prophète qui a été le premier prohibitionniste. Le Révérend avait correspondu avec les chefs de la religion mahométane, et avait fini par persuader un distingué musulman – dont un des noms était Akbar et les autres un intraduisible brouillamini des attributs d'Allah – de venir faire des conférences en Angleterre sur l'abstinence de vin. Aucun d'eux n'avait encore mis les pieds dans un cabaret, mais nous avons déjà expliqué le pourquoi de leur présence : ils avaient été chassés du salon de thé et guidés vers le bar, et tout se serait peut-être bien passé si le grand prohibitionniste, dans la candeur de son âme, ne s'était avancé vers le comptoir pour demander un verre de lait.

Les commis voyageurs, tribu pourtant indulgente aux travers humains, poussèrent d'involontaires exclamations de chagrin, un murmure de plaisanteries étouffées courut dans la salle : « Du lait! très peu pour moi! » ou « Allez chercher la vache ». Mais le magnifique M. Jukes se crut tenu, à cause de son opulence et de son épingle de cravate, à des facéties plus spirituelles. Il fit mine de s'éventer comme quelqu'un prêt à s'évanouir et gémit d'un ton à fendre le cœur.

— Ils savent que le moindre souffle m'emportera. Ils savent qu'ils peuvent me renverser d'une pichenette. Ils savent que le docteur m'a défendu les émotions et de sang-froid ils viennent boire du lait devant mes yeux.

Le Révérend Davis Pryce-Jones, accoutumé à clore le bec des interrupteurs dans les réunions publiques, fut assez mal avisé pour se répandre en lamentations et en récriminations dans cette atmosphère toute différente et beaucoup plus vulgaire. Le buveur d'eau oriental s'abstint de paroles comme il s'abstenait d'alcool et y gagna en dignité. De fait, en ce qui le concerne, la civilisation musulmane remporta une nette victoire. De toute évidence, il dépassait en distinction tous les représentants de commerce ici présents, et son aristocratique froideur ne tarda pas à susciter une sourde irritation... Aussi, lorsque M. Pryce-Jones le prit à témoin au cours de la discussion, la tension augmenta de plusieurs degrés.

— Je vous le demande un peu, messieurs, dit M. Pryce-Jones, en gesticulant comme s'il se trouvait sur une estrade, notre ami que voici ne nous donne-t-il pas, à nous chrétiens, un exemple de foi et de fraternité vraiment chrétienne? Ne se montre-t-il pas le modèle de la conduite chrétienne, de la délicatesse, de la distinction au milieu des bagarres si fréquentes en de tels lieux ? Quelles que soient les différences de doctrine qui nous séparent, du moins dans sa terre natale, la plante du mal, le houblon maudit ou la vigne maudite, n'a jamais...

Ce fut ce moment critique que choisit John Raggley, oiseau de tempête et brandon de discorde, pour pénétrer dans la salle comme une armée d'invasion, écarlate de visage, blanc de poils, un haut-de-forme démodé sur le chef et brandissant sa canne comme une massue. John Raggley avait une réputation bien établie d'excentrique. Il écrivait aux journaux des lettres que les quotidiens n'avaient garde de reproduire et qui paraissaient plus tard en brochures imprimées à ses frais, avec force coquilles, pour aller échouer dans une centaine de corbeilles à papiers. Il avait également des controverses avec les châtelains conservateurs et les plus radicaux des conseillers généraux ; il détestait les Juifs, il se méfiait de tout ce qui se vend dans les boutiques et même dans les hôtels. Mais ses lubies s'appuyaient sur des faits ; il connaissait le Comté dans tous ses coins et dans tous ses détails ; c'était un observateur pénétrant. Le gérant lui-même, M. Wills, avait un vague respect pour M. Raggley, car il avait assez de flair pour mesurer le degré de folie tolérée chez tout gentilhomme ; sans s'aplatir à ses pieds comme à ceux du jovial et magnifique M. Jukes, cet as du commerce, il évitait au moins de contrarier le vieux ronchon un peu, peut-être, par crainte de sa langue bien pendue.

– Et pour vous, monsieur, ce sera comme d'habitude? demanda M. Wills, en clignant de l'œil par-dessus le zinc.

– C'est la seule chose convenable qui vous reste, grogna M. Raggley, en brandissant son couvre-chef aussi bizarre que démodé. Sacrebleu! Je crois parfois que la seule chose anglaise qui reste en Angleterre est le cherry-brandy. Ce cherry-brandy a vraiment goût de cerise. Trouvez-moi une bière qui ait goût de houblon, ou un cidre qui ait goût de cidre, ou un vin qui ait gardé un vague souvenir du raisin qui a servi à le faire. C'est une infernale escroquerie à laquelle participent toutes les auberges d'Angleterre et qui aurait déclenché une révolution dans tout autre pays. Je sais de quoi il retourne et vous pouvez m'en croire. Attendez un peu que j'aie fait imprimer ça; tout le monde en sera baba. Si je pouvais empêcher nos concitoyens de s'empoisonner avec cette atroce bibine...

Pour la seconde fois le Révérend Davis Pryce-Jones montra un certain manque de tact, bien qu'il affichât pour cette vertu un culte qui allait presque au fétichisme. Il eut l'imprudence de chercher à conclure une alliance avec M. Raggley grâce à une belle confusion entre l'idée de la mauvaise boisson et l'idée que la boisson est mauvaise. Une fois de plus il s'efforça de mêler à la querelle l'Oriental compassé et majestueux en le présentant comme un étranger cultivé et raffiné fort au-dessus des mœurs grossières des Anglais. Il fut même assez inconsidéré pour faire allusion à la largeur de vue qui s'impose en théologie; et par-dessus le marché il prononça le nom de Mahomet, ce qui mit le feu aux poudres.

— Que diable vous patafiole! rugit M. Raggley sans aucune largeur de vue théologique. Est-ce dire que les Anglais ne doivent pas boire de la bière angaise parce que le vin a été interdit dans un sacré désert par ce vieux fumiste de Mahomet?

En une seconde et d'une enjambée, l'inspecteur de police fut au milieu de la salle, car, la seconde d'avant, le plus extraordinaire des changements s'était produit dans l'attitude de l'Oriental qui jusque-là était resté immobile comme une statue, les yeux fixes et étincelants. Il se mit maintenant en devoir de donner un exemple de maîtrise de soi et de fraternité chrétienne pour reprendre les termes de son ami. D'un bond de tigre il atteignit le mur et arracha un des lourds poignards qui y étaient suspendus; le couteau siffla dans l'air comme la pierre d'une fronde, se ficha dans la cloison et y resta planté encore tout tremblant, exactement à un centimètre au-dessus de l'oreille de M. Raggley. Sans aucun doute il se serait fiché dans la chair de ce dernier, si l'inspecteur Greenwood n'était pas arrivé juste à temps pour saisir le bras meurtrier et faire dévier l'arme. Le Père Brown ne bougea pas de son siège, les yeux à demi-clos et les lèvres retroussées par un vague sourire comme s'il voyait plus loin que cette passagère scène de violence.

Et la scène prit une étrange tournure qui déroutera peut-être les gens, tant que les originaux comme M. John Raggley ne seront pas mieux compris, car le vieux fanatique rubicond était debout et riait à gorge déployée, comme s'il venait d'entendre une désopilante plaisanterie; sa hargne et son aigreur s'étaient volatilisés. Il considérait l'autre fanatique, dont le geste homicide avait été si près de réussir, avec une bruyante sympathie.

— Allez vous faire fiche! s'écria-t-il. Vous êtes le premier homme digne de ce nom que je rencontre depuis vingt ans.

— Portez-vous plainte contre cet individu, monsieur? demanda l'inspecteur un peu indécis.

— Porter plainte! Bien sûr que non! Je lui offrirais un verre si l'alcool ne lui était pas interdit. Sa religion ne me regarde pas et je n'avais pas le droit de l'insulter. Vous n'êtes tous que des froussards. Plût à Dieu que vous ayez le cran de tuer un homme. Je ne dis pas cela pour insulter votre religion parce que vous n'en avez pas, mais je dis zut à tout le reste, même à votre bière.

— Maintenant qu'il nous a tous traités de froussards, dit le Père Brown à Greenwood, la paix et le bon accord sont rétablis; je regrette que le laïusseur qui ne boit que de l'eau ne se soit pas empalé sur le couteau de son ami; c'est lui qui a semé la discorde.

Tandis qu'il achevait ces mots, les groupes qui remplissaient la salle se disloquaient déjà; on avait trouvé un moyen pour débarrasser la salle réservée aux commis voyageurs et ceux-ci s'y rendaient suivis du garçon qui portait les éléments d'une nouvelle tournée sur un plateau. Le Père Brown resta un moment à regarder les verres abandonnés sur le comptoir; il reconnut immédiatement le verre de lait de mauvais augure et un autre qui sentait le whisky; puis il fit demi-tour juste à temps pour assister aux adieux de ces deux fanatiques cocasses dont l'un représentait l'Orient et l'autre l'Occident. Raggley manifestait encore une féroce jovialité; le musulman qui avait encore un air sombre et sinistre, peut-être naturel, drapé dans sa dignité, tirait sa révérence avec force saluts et gestes de réconciliation. Tout portait donc à croire que l'incident était clos.

Cependant le Père Brown, tout au moins, gardait le souvenir des derniers salamalecs courtoisement échangés par les deux adversaires, et son esprit cherchait à les interpréter. Car, le lendemain matin dès potron-minet, le Père Brown descendit pour accomplir ses devoirs religieux dans une église voisine. La longue salle du bar avec ses extravagants décors asiatiques était remplie de la blanche et froide clarté de l'aube, et tous ses détails étaient visibles, et un de ses détails était le cadavre de John Raggley plié en deux et affaissé dans un coin, un poignard courbe enfoncé dans son cœur jusqu'au manche.

Le Père Brown remonta sur la pointe des pieds réveiller son ami l'inspecteur. Tous deux se penchèrent sur le corps, dans cette maison où personne encore ne bougeait.

— Il ne faut ni s'en tenir aux conclusions évidentes, ni chercher midi à quatorze heures, dit Greenwood après un silence. Mais nous pouvons nous rappeler, je crois, ce que je vous disais hier après-midi. Soit dit entre parenthèses, c'est bizarre que je vous l'aie dit hier après-midi.

— Je sais, dit le prêtre en hochant la tête avec la sagacité d'un vieux hibou.

— J'ai dit, reprit Greenwood, qu'il n'y a qu'un seul genre de meurtre auquel nous ne pouvons mettre le holà, c'est le meurtre commis par un fanatique. Le type au teint pain d'épice juge sans doute que s'il est pendu il montera tout droit au ciel pour avoir défendu l'honneur du Prophète.

— Bien sûr, dit le Père Brown, il serait raisonnable, pour ainsi dire, que ce soit le musulman qui ait poignardé John Raggley, et vous me direz que vous ne connaissez encore personne d'autre qui ait eu un motif raisonnable pour le frapper en plein cœur... mais... je pense...

Son visage de pleine lune devint complètement inexpressif et les paroles moururent sur ses lèvres.

— Qu'y a-t-il donc? demanda l'autre.

— C'est ridicule à dire, je le sais, répondit le Père Brown d'une voix morne, mais je pense... Je pense que, en un sens, l'identité de celui qui l'a poignardé a peu d'importance.

— Sont-ce là vos nouveaux principes de morale? demanda son ami, ou peut-être l'ancienne casuistique? Les jésuites recommanderaient-ils l'assassinat?

— Je n'ai pas dit que peu importait l'identité de l'assassin, corrigea le Père Brown. Bien entendu celui qui l'a poignardé peut ne faire qu'un avec le meurtrier, mais ce peut être aussi un homme tout différent. En tout cas, les deux actes n'ont pas été commis simultanément. Je suppose que vous chercherez des empreintes digitales sur ce manche, mais ne leur accordez pas trop d'attention. Je peux imaginer d'autres raisons pour que d'autres personnes aient enfoncé le couteau dans le cœur de ce mort; des raisons peu édifiantes, bien entendu, mais qui n'ont rien à voir avec le crime. Il faudra que vous enfonciez d'autres couteaux dans sa chair pour le découvrir.

– Vous voulez dire..., commença l'inspecteur, en fixant sur lui un regard perçant.

– Je veux dire que l'autopsie seule révélera la véritable cause de sa mort, dit le prêtre.

– Vous avez raison, en ce qui concerne le coup de poignard tout au moins, dit l'inspecteur. Nous attendrons donc le docteur mais je suis presque sûr qu'il sera de votre avis. Il n'y a pas assez de sang. Ce couteau a été planté dans un cadavre déjà froid depuis des heures. Mais pourquoi?

– On peut incriminer le musulman, répondit le Père Brown. Ce n'est pas un geste très chic mais ce n'est pas nécessairement un meurtre. J'imagine qu'il y a dans cette maison d'autres personnes qui ont des secrets sur la conscience et ne sont pas nécessairement des assassins.

– Cette idée ne m'était pas encore venue, dit Greenwood. Qu'est-ce qui vous l'inspire?

– Ce que j'ai dit hier soir quand nous avons mis les pieds dans cette horrible salle. J'ai dit qu'il serait facile de commettre un crime ici. Mais je ne pensais pas, comme vous l'avez cru, à ces armes ridicules. Non, je pensais à tout à fait autre chose.

Durant les quelques heures qui suivirent, l'inspecteur et son ami soumirent à un examen serré et minutieux les allées et venues de tous les habitants de la maison au cours des dernières vingt-quatre heures... Ils s'enquirent de la façon dont les consommations avaient été servies, des verres qui avaient été lavés ou de ceux qui ne l'avaient pas été, de tous les détails concernant les spectateurs du drame, même ceux qui semblaient les moins sujets à caution. En un mot ils se conduisirent comme si trente personnes, et non une seule, avaient été empoisonnées. Il semblait certain que personne ne s'était introduit dans l'hôtel, si ce n'est par l'entrée principale voisine du bar. Toutes les autres portes étaient condamnées à cause des réparations. Un gamin nettoyait les marches du perron mais il n'avait aucun renseignement précis à donner. Jusqu'à l'arrivée sensationnelle du Turc enturbanné avec le laïusseur qui ne buvait que de l'eau, les affaires avaient été languissantes. Seuls étaient venus les commis voyageurs qui prenaient ce qu'ils appelaient des consommations éclair; et ils se déplaçaient en troupe comme les nuages de Wordsworth : un léger désaccord s'éleva entre le gamin du dehors et les gens de l'intérieur au sujet d'un client qui avait absorbé une consommation éclair en un temps record et franchi tout seul le seuil de la porte; mais le gérant et le barman n'avaient gardé aucun souvenir d'un tel acte d'indépendance. Le gérant et le barman connaissaient très bien tous les voyageurs et dans l'ensemble leurs faits et gestes n'inspiraient aucune incertitude. Les clients groupés autour du bar avaient en effet échangé des plaisanteries par l'intermédiaire de leur imposant porte-parole M. Jukes, ils avaient été entraînés dans une altercation sans gravité avec M. Pryce-Jones et ils avaient été témoins de la querelle brusque et grave qui s'était élevée entre M. Akbar et M. Raggley. Puis on leur avait annoncé que leur salle habituelle les attendait et ils s'étaient retirés tandis qu'un garçon portait leurs consommations en triomphe.

— C'est bigrement peu comme point de départ ! dit l'inspecteur Greenwood. Bien entendu, les domestiques font trop de zèle. Ils ont lavé tous les verres, y compris celui de Raggley. Si tous les autres n'étaient pas aussi consciencieux dans leur travail, les policiers pourraient se montrer à la hauteur des circonstances.

— Je sais, dit le Père Brown, et un sourire tordit sa bouche. Je pense parfois que ce sont les criminels qui ont inventé l'hygiène ou peut-être les hygiénistes qui ont inventé le crime, la plupart d'entre eux ont une tête à ça. Tout le monde parle des bouges puants ou des taudis infects où le crime peut se déchaîner, c'est tout le contraire. Ces bouges sont traités de puants non parce que les crimes y sont commis, mais parce qu'ils y sont découverts. C'est dans les lieux d'un ordre et d'une propreté irréprochables que le crime peut se déchaîner : il n'y a pas là de boue pour conserver les marques de pas, pas de fonds de verres pour contenir du poison ; des domestiques attentionnés lavent à grande eau les pavés et effacent toutes les traces de meurtre et le meurtrier peut tuer et incinérer six épouses, faute d'un peu de crasse chrétienne. Peut-être m'exprimé-je avec trop de chaleur. Mais voyez ce qui se passe ici. Précisément, il me souvient d'un verre qui sans doute a été lavé depuis, mais que j'aurais bien aimé examiner de plus près.

– Le verre de Raggley? demanda Greenwood.

– Non. Le verre de Personne, répondit le prêtre. Il était près d'un verre de lait et contenait encore un doigt ou deux de whisky. Eh bien, ni vous ni moi n'avons bu de whisky. Je me rappelle par hasard que le gérant régalé par le jovial M. Jukes a pris une goutte de gin. Vous n'allez pas me dire, j'espère, que notre musulman était un buveur de whisky déguisé par un turban vert, ou que le Révérend Davis Pryce a avalé du whisky et du lait en même temps sans y faire attention.

– La plupart des commis voyageurs ont pris du whisky, reprit l'inspecteur, c'est leur boisson préférée.

– Oui, et ils l'absorbent jusqu'à la dernière goutte, riposta le Père Brown. Hier soir ils ont eu le soin d'emporter toutes leurs consommations dans la salle à eux destinée, mais ce verre est resté sur le bar.

– Simple hasard, je suppose, dit Greenwood d'un ton de doute. L'homme a pu facilement se faire servir un autre verre plus tard.

Le Père Brown secoua la tête.

– Il faut voir les gens tels qu'ils sont. Or les commis voyageurs – certains trouvent ces gens-là vulgaires et communs, des goûts et des couleurs il ne faut pas discuter – je me contenterai de dire que ce sont en général des hommes simples. La plupart sont de braves types heureux de retourner auprès de leur bourgeoise et de leurs gosses. Dans le nombre il y a peut-être des gouapes qui ont plusieurs bourgeoises ou même ont assassiné plusieurs bourgeoises, mais la plupart sont des hommes simples et prenez-y garde, un tout petit peu éméchés, pas beaucoup; vous trouvez plus d'un pochard parmi les professeurs d'Oxford ou des Ducs. Mais quand un commis voyageur a été mis en gaieté par un verre, il ne peut s'empêcher de remarquer les moindres détails à voix haute et intelligible. Le plus petit incident tire de lui des flots de paroles. Si la mousse de la bière déborde de leur verre, il crie : « A la tienne, Étienne ! » ou bien : « Ne te trotte donc pas si vite ! » Il est absolument impossible que cinq de ces joyeux lurons se soient assis autour d'une table devant quatre verres et que l'infortuné cinquième n'ait pas poussé des clameurs de protestation. Probablement tous auraient protesté en chœur. Sûrement l'un d'eux aurait récriminé, il n'aurait pas attendu, comme un Anglais d'une autre classe, de saisir l'occasion de boire tranquillement plus tard; l'air aurait retenti de réflexions de ce genre : « Et bibi ? » ou bien : « George, est-ce que je suis inscrit à la société de tempérance ? » ou bien : « Est-ce que j'ai un turban vert, George ? » Mais le garçon n'a rien entendu de ce genre. Il me paraît donc certain que le verre de whisky oublié sur le bar a été vidé aux trois quarts par une autre personne, une personne à laquelle nous n'avons pas encore pensé.

— Voyez-vous qui cela peut être ? demanda l'autre.

— Parce que le gérant et le barman ne veulent pas admettre son existence, vous écartez le seul témoignage intéressant ; le témoignage du gamin qui nettoyait le perron. Il dit qu'un homme, peut-être bien un commis voyageur, mais qui faisait bande à part, est entré et ressorti immédiatement. Le gérant et le barman ne l'ont pas vu ou disent qu'ils ne l'ont pas vu. Mais pourtant il s'est débrouillé pour avoir un verre de whisky au bar. Appelons-le, pour plus de commodité : « l'Homme Éclair ». Rendez-moi cette justice, je me mêle rarement de ce qui ne me regarde pas, vous vous tirez d'affaire mieux que je ne le pourrais ou que je ne le souhaiterais. Je ne me suis jamais risqué à mettre en mouvement le mécanisme de la police ou à dépister les criminels, mais pour la première fois de ma vie j'y tiens absolument. Je veux que vous trouviez « l'Homme Éclair ». Je poursuivrai « l'Homme Éclair » jusqu'aux confins de la terre. Je veux déclencher l'infernal mécanisme officiel, voir un filet s'abattre sur les nations pour capturer « l'Homme Éclair ». Car c'est cet homme qu'il me faut.

Greenwood fit un geste de désespoir.

— A-t-il un visage, une forme, un attribut visible, à part sa rapidité ? demanda-t-il.

— Il porte un macfarlane, dit le Père Brown, et il a dit au gamin qu'il devait être à Edimbourg le lendemain matin. Le gamin ne se rappelle pas autre chose, mais la police a besoin de moins d'indices encore pour mettre la main au collet des gens.

— Vous y tenez donc ? dit l'inspecteur un peu interloqué.

Le prêtre lui aussi sembla un peu embarrassé, comme s'il n'arrivait pas à débrouiller ses propres pensées. Il réfléchit un instant, les sourcils froncés et reprit brusquement.

– Il est si facile d'être compris de travers. Tous les hommes ont de l'importance ; vous, moi, tous. C'est le fait théologique le plus dur à avaler.

L'inspecteur ébahi le regarda sans comprendre, mais le Père Brown poursuivit :

– Nous sommes tous chers à Dieu. Dieu seul sait pourquoi. Mais c'est la seule justification possible de l'existence des policiers.

L'inspecteur ne parut pas frappé par cette justification cosmique de sa propre existence.

– Ne voyez-vous pas que la loi à sa manière a raison ? Si tous les hommes ont leur importance, tous les assassinats ont la leur. L'œuvre si mystérieuse créée par Dieu, nous ne pouvons pas permettre qu'elle soit mystérieusement détruite ; mais...

Il prononça brusquement ce dernier mot comme s'il prenait une nouvelle décision.

– Mais si je perds de vue cette vérité mystique, je ne vois pas que la plupart des crimes sensationnels aient une importance particulière. Vous me répétez sans cesse que telle ou telle affaire est grave. Avec mon gros bon sens d'homme qui connaît la vie, j'en dois conclure que c'est le Premier ministre qui a été assassiné. Avec mon gros bon sens d'homme qui connaît la vie, je doute que le Premier ministre ait quelque importance, en tant qu'être humain, il n'a pour ainsi dire aucune existence propre. Si demain vous le poignardiez, lui et les autres hommes d'État, croyez-vous que d'autres individus ne se dresseraient pas aussitôt pour dire que toutes les voies pouvant conduire à un accord ont été explorées ou que le gouvernement a mis la question à l'étude. Les maîtres du monde moderne ne comptent pas. Les vrais maîtres eux-mêmes ne comptent pas beaucoup. Les gens dont vous lisez les noms dans les journaux ne sont que des fantoches.

Il se leva et asséna un petit coup sur la table. C'était un des rares gestes qu'il se permettait. Sa voix changea de nouveau d'accent.

– M. Raggley avait de l'importance et de la réalité. Il appartenait à cette lignée d'hommes, environ six en tout, qui auraient pu sauver l'Angleterre. Ils se dressent sombres et rigides comme des poteaux indicateurs auxquels nul n'accorde un regard, le long de cette pente glissante qui se termine par le bourbier de notre époque de faillites commerciales. Le chanoine Swift et le Dr Johnson et le vieux William Cobbet, ils avaient tous sans exception la réputation d'être des ours mal léchés ou des sangliers féroces. Tous étaient adorés par leurs amis et tous le méritaient. N'avez-vous pas vu comment ce vieillard au cœur si bon a tenu le coup et a pardonné à son ennemi, à la manière des vrais guerriers ? C'est lui qui a le mieux mis en pratique les paroles du buveur d'eau, il nous a donné l'exemple à nous autres chrétiens, il a été le modèle de l'esprit chrétien, et quand un grand homme comme lui est ignoblement et secrètement assassiné, je juge que le malheur est grand, si grand que tout être qui se respecte cherchera à mettre en branle le mécanisme moderne de la police... Je vous en prie, ne me remerciez pas... ainsi, pour une fois je veux vraiment avoir recours à vous.

Au cours des jours et des nuits étranges qui suivirent on pourrait presque dire que la silhouette trapue du Père Brown dirigea les opérations des armées et des engins de la police de Sa Majesté, tout comme la silhouette trapue de Napoléon se profilait derrière les régiments et les lignes de bataille qui couvraient l'Europe d'un réseau stratégique. Les commissariats de police et les bureaux de poste travaillaient toute la nuit. La circulation était interrompue, les lettres interceptées, des enquêtes entreprises à cent endroits, pour retrouver la trace mouvante de ce fantôme qui avait pour seuls attributs un macfarlane et un billet pour Edimbourg.

Pendant ce temps, bien entendu, les autres méthodes d'instruction criminelle n'étaient pas encore arrivées, mais tout le monde semblait certain qu'il s'agissait d'empoisonnement. Cela dirigeait les soupçons sur le cherry-brandy et par la même occasion sur l'hôtel.

– C'est probablement le gérant, bougonnait Greenwood. C'est un individu qui ne me dit rien de bien. On pourrait aussi penser aux employés, le barman, par exemple, il a l'air d'avoir un caractère de chien. Raggley qui s'emportait comme une soupe au lait lui a peut-être adressé des invectives bien choisies. En général, après il savait se faire pardonner par sa générosité. Mais après tout, comme je l'ai dit, la responsabilité primitive incombe au gérant et par conséquent les premiers soupçons se portent sur lui.

— Oh! je savais bien que les premiers soupçons tomberaient sur le gérant, dit le Père Brown, et c'est pour cela que je ne l'ai pas soupçonné. Voyez-vous, j'imagine que quelqu'un d'autre a eu l'idée que les premiers soupçons tomberaient sur le gérant ou les employés de l'hôtel. C'est ce qui m'a fait dire qu'il serait facile de tuer quelqu'un ici... Mais vous devriez vous expliquer avec lui.

L'inspecteur sortit et revint après un entretien d'une brièveté surprenante. Il trouva l'ecclésiastique en train d'examiner des papiers qui formaient une sorte de dossier de la carrière orageuse de John Raggley.

— En voilà une affaire! remarqua l'inspecteur. Je croyais passer des heures à cuisiner ce sale type, car nous n'avons aucune preuve contre lui, et au lieu de cela il a flanché tout de suite et je crois vraiment que dans sa frousse, il a cané et dit la vérité.

— Bien sûr, dit le Père Brown. Il a aussi flanché quand il a trouvé le cadavre de Raggley apparemment empoisonné dans son hôtel. Il a complètement perdu la tête et il a eu la maladresse de décorer le corps avec le couteau turc pour faire retomber le crime sur le moricaud, comme il devait appeler Akbar. La frousse est son seul crime. C'est le dernier homme au monde qui enfoncerait un couteau dans le cœur d'un être vivant. Je parie qu'il a dû faire appel à tout son courage pour frapper un mort. Mais il a été le premier à avoir peur d'être accusé d'un crime qu'il n'avait pas commis et il s'est couvert de ridicule.

— Il faut que j'interroge le barman aussi, observa Greenwood.

— Sans doute, répondit l'autre, mais je ne crois pas que c'était quelqu'un de l'hôtel... parce que l'assassin s'est arrangé pour jeter la suspicion sur le personnel de l'hôtel. Dites-moi, avez-vous lu ces renseignements qu'on a recueillis sur Raggley? Il a eu une vie extraordinairement mouvementée. Je me demande si quelqu'un écrira sa biographie.

— J'ai pris note de tous les détails qui peuvent avoir quelque importance dans cette affaire, répondit le fonctionnaire. Il était veuf mais a eu une fois une attrapade avec un homme au sujet de sa femme. C'est un Écossais, un agent de location, qui se trouvait alors dans ces parages. Raggley a été particulièrement violent. Il paraît qu'il détestait les Écossais, c'est peut-être pour cela... Oh! Je sais pourquoi vous faites cette grimace. Un Écossais... Peut-être un habitant d'Edimbourg.

— Peut-être, dit le Père Brown. Il n'est pas étonnant qu'il détestât les Écossais, même sans raison particulière. C'est bizarre, mais toute cette tribu de Tories qui a résisté au parti whig détestait les Écossais; par exemple Collet, le Dr Johnson; Swift a tourné leur accent en ridicule dans un de ses virulents passages. Shakespeare lui-même, dit-on, partageait ce parti pris, mais en général les partis pris des génies sont inspirés par des principes, et il y avait une raison, j'imagine.

Les Écossais venaient d'un pays pauvre et peu propre à l'agriculture et que l'industrie a enrichi. Ils étaient intelligents et actifs. Ils croyaient apporter du nord la civilisation industrielle et ne se doutaient pas que, depuis des siècles, une civilisation rurale prospérait dans le sud. Le pays de leurs ancêtres, bien que rural, n'était pas civilisé... eh bien, je crois qu'il n'y a qu'à attendre d'autres nouvelles.

– Je serais étonné que vous les trouviez dans Shakespeare et dans le Dr Johnson, protesta le policier avec un large sourire. L'opinion de Shakespeare sur les Écossais n'est pas du tout concluante.

Le Père Brown leva les sourcils, comme si une pensée subite le frappait.

– Maintenant que j'y pense, dit-il, on pourrait trouver dans Shakespeare des preuves plus concluantes. Il fait rarement allusion aux Écossais, mais il se plaît à tourner les Gallois en dérision.

L'inspecteur scruta le visage de son ami. Ou il se trompait fort, ou le calme du prêtre cachait un esprit sur le qui-vive.

– Cristi! dit-il, personne n'a dirigé les soupçons de ce côté!

– Eh bien! repartit le Père Brown avec beaucoup de tolérance; vous avez commencé par parler de fanatique et par dire qu'un fanatique est capable de tout. Nous avons eu, je crois, l'honneur de compter parmi nous, hier, dans ce bar, le fanatique le plus grand, le plus tapageur et le plus sot du monde moderne. Si être un imbécile avec une seule idée dans le crâne prédispose au meurtre, tout accuse le Révérend Pryce-Jones, le prohibitionniste, de préférence à tous les fakirs de l'Asie. Et il est vrai, comme je vous l'ai dit, que son horrible verre de lait était sur le comptoir à côté du mystérieux verre de whisky.

— Qui à votre avis a été l'instrument du crime ? dit Greenwood, les yeux hors de la tête. Je ne sais jamais si vous parlez sérieusement ou non.

Et tandis qu'il cherchait, sans y réussir, à déchiffrer le visage de son ami, la sonnerie stridente du téléphone résonna derrière le bar. L'inspecteur Greenwood releva l'abattant du comptoir, passa rapidement à l'intérieur, décrocha, écouta quelques secondes, puis poussa une exclamation qui s'adressait non à son interlocuteur, mais à l'univers en général. Il écouta avec un redoublement d'attention en s'écriant de temps en temps :

— Oui !... oui !... Venez tout de suite ! Amenez-le le plus tôt possible. Ça c'est du beau travail ! Mes félicitations !

L'inspecteur Greenwood revint alors au milieu de la pièce comme un homme qui s'est plongé dans la fontaine de Jouvence. Il s'assit. Puis, appuyé sur son siège, les mains plantées sur ses genoux, contempla son ami et lui dit :

— Père Brown, vous êtes un vrai sorcier. Vous avez compris que c'était l'assassin avant que tous les autres soupçonnent son existence. Il n'était Personne. Il n'était que brouillamini dans les témoignages ; le gamin qui nettoyait l'escalier ne pouvait jurer que c'était un homme de chair et d'os. Ce n'était plus qu'une ombre, un fantôme dont le passage était attesté seulement par un verre sale. Mais nous avons mis la main sur lui et c'est l'homme que nous cherchions.

Le Père Brown sentant approcher le moment décisif s'était levé et étreignait machinalement les papiers si précieux pour la biographie de M. Raggley. Il tenait ses yeux fixés sur le policier et peut-être ce geste fut-il pour son ami une nouvelle confirmation.

— Oui. Nous avons arrêté l'« Homme Éclair » et c'était un véritable éclair. Agile comme du vif-argent; il nous avait brûlé la politesse; nous venons de l'arrêter. Il prétendait qu'il allait faire une partie de pêche à Orkney. Mais c'est bien notre homme. C'est l'agent de location écossais qui a fait la cour à la femme de Raggley; c'est lui qui a bu du whisky dans ce bar et a pris ensuite le train pour Edimbourg et personne ne l'aurait deviné sans vous.

— Eh bien ce que je voulais dire..., commença le Père Brown d'un ton abasourdi.

A cet instant, un bruit de roues et un fracas de lourds véhicules retentirent au-dehors; plusieurs policiers envahirent la salle. L'un d'eux, invité à s'asseoir par son supérieur, se laissa tomber sur une chaise d'un geste théâtral, comme quelqu'un qui est satisfait de soi et rompu de fatigue. Il couvait le Père Brown d'un regard d'admiration.

— L'assassin est arrêté, monsieur, annonça-t-il. Je sais que c'est un assassin, car bon Dieu de bon Dieu, il s'en est fallu de peu qu'il ne me tue, moi aussi. J'ai capturé des apaches, mais des types de cet acabit, jamais. Il m'a envoyé un gnon dans l'estomac avec la force d'un cheval et cinq hommes ont eu du mal à le maîtriser. C'est un véritable gangster, inspecteur.

– Où est-il ? demanda le Père Brown, mal revenu de sa surprise.

– Dans le panier à salade, les menottes aux mains, répliqua le policier. Et si vous m'en croyez, vous l'y laisserez.

Le Père Brown s'enfonça dans un fauteuil comme s'il perdait lentement connaissance. Les papiers qu'il étreignait se répandirent autour de lui, dégringolant et glissant sur le sol comme des couches de neige chassées par des rafales. Non seulement son visage, mais tout son corps donnaient l'impression d'un ballon dégonflé.

– Oh! Oh! répétait-il, comme si aucun juron n'eût été assez fort. Oh! ça y est! J'ai recommencé!

– Si vous voulez dire que vous avez de nouveau découvert le criminel..., commença Greenwood.

Mais son ami l'interrompit avec une faible explosion comme peut en produire une eau de Seltz éventée.

– C'est toujours la même chose, gémit le Père Brown. Je ne sais pas pourquoi; j'essaie toujours d'exprimer ma pensée, l'imagination des autres fait le reste.

– Que diable y a-t-il encore? cria Greenwood, brusquement exaspéré.

– Eh bien! je dis des choses, murmura le Père Brown d'une voix faible qui à elle seule exprimait toute l'impuissance des mots. Je dis des choses, mais tout le monde ajoute à leur sens un tas de sous-entendus. Un jour j'ai vu un miroir cassé et j'ai dit : « Il s'est passé quelque chose » et tous ont répondu en chœur : « Oui ! oui ! comme vous le dites, deux hommes se sont colletés et l'un d'eux s'est enfui dans le jardin », et patati, et patata. Je n'arrive pas à comprendre : « Il s'est passé quelque chose » et « deux hommes se sont colletés », il me semble que cela fait deux ; mais sans doute parce que j'ai lu les vieux livres de logique. Et voilà qu'il en est de même maintenant. Vous êtes tous sûrs que cet homme est un assassin. Je n'ai jamais dit qu'il était un assassin. J'ai dit que c'était l'homme dont nous avions besoin ; et c'est vrai. J'ai besoin de lui, terriblement besoin ; c'est la seule chose qui me manque dans cette horrible affaire : un témoin.

Tous le regardaient hébétés, les sourcils froncés comme des hommes qui s'efforcent de suivre un argument particulièrement subtil. Ce fut lui qui reprit le fil de son raisonnement.

— Dès que j'ai eu mis le pied dans cette buvette ou ce bar désert, j'ai senti que c'était ce vide qui était suspect. Trop d'occasions s'offraient à chacun d'être seul. En un mot, un témoin manquait. Et tout ce que nous savons c'est que, à notre entrée, ni le gérant ni le barman n'étaient là. A quel moment y étaient-ils ? Quelle possibilité avait-on d'établir qu'à tel instant telle personne était là ? Faute de témoin nous faisions fiasco. J'imagine que le barman ou un autre était au comptoir quelques minutes avant notre venue ; c'est ainsi que l'Écossais a pu avoir son whisky. Certainement il n'a pas été servi après notre arrivée. Nous ne pouvions commencer à chercher si quelqu'un dans l'hôtel avait empoisonné le cherry-brandy du pauvre Raggley tant que nous ignorions qui avait eu accès au comptoir. Je vous demande de me faire une autre faveur en dépit de ce stupide malentendu qui est sans doute de ma faute. Je vous demande de réunir tous les comparses du drame... Je crois qu'on les trouvera tous facilement, à moins que l'Asiatique soit retourné en Asie. Enlevez les menottes au pauvre Écossais et amenez-le ici. Il nous dira qui lui a servi son whisky et qui était derrière le bar. C'est le seul homme dont le témoignage porte sur la période de temps pendant laquelle le crime a été commis. Je ne vois pas pour quelle raison on douterait de sa parole.

— Dites donc, dit Greenwood, cela nous ramène au personnel de l'hôtel, et vous avez convenu, je crois, que le gérant est innocent. Est-ce donc le barman qui est coupable ?

— Je n'en sais rien, répondit le prêtre sans ambages. Je n'ai aucune certitude sur le gérant et n'en ai aucune sur le barman. J'imagine que le gérant peut avoir trempé dans une conspiration sans toutefois être assassin. Mais je sais qu'un seul témoin au monde a vu quelque chose ; et c'est pour cela que j'ai lancé vos limiers à ses trousses avec ordre de le poursuivre jusqu'aux confins de la terre.

Le mystérieux Écossais, quand il parut devant tous les acteurs du drame, ainsi rassemblés, présentait certainement un aspect redoutable. C'était un homme de haute taille avec une dégaine de lourdaud, un visage sardonique en lame de couteau, un toupet de cheveux roux ; non seulement il portait un macfarlane mais encore il était coiffé d'une toque écossaise. Son attitude agressive n'était pas sans excuse. N'importe qui pouvait deviner qu'il n'était pas d'humeur à se laisser arrêter sans se débattre comme un beau diable, et en face d'un batailleur comme Raggley il ne pouvait qu'en venir aux coups. Il n'était donc pas étonnant que le policier chargé de sa capture l'eût pris pour un dangereux cheval de retour ; mais il se donnait pour un respectable fermier des environs d'Aberdeen du nom de James Grant. Bientôt le Père Brown et le perspicace et expérimenté inspecteur Greenwood lui-même furent convaincus que la fureur de l'Écossais dénotait l'innocence plutôt que la culpabilité.

– Ce que nous attendons de vous, monsieur Grant, dit gravement l'inspecteur en reprenant un ton de courtoisie, c'est simplement votre témoignage. Je suis désolé du malentendu dont vous avez été victime et persuadé que vous ne demanderez qu'à nous aider. Je crois que vous êtes entré dans ce bar à l'instant même où l'on venait de l'ouvrir, à 5 h 12 et on vous a servi un verre de whisky. Nous ne savons pas d'une façon sûre quel membre de l'hôtel se trouvait là à ce moment ; si c'était le barman, le gérant ou quelques employés. Voulez-vous jeter un regard autour de vous et me dire si le garçon qui vous a servi est là.

– Oui, il est là, dit M. Grant avec un sourire farouche, après avoir promené sur l'assistance un regard perçant, je le reconnaîtrais n'importe où ;

vous admettrez qu'on n'a pas besoin de loupe pour voir les colosses comme lui. En Angleterre, tous vos cabaretiers sont-ils milliardaires?

L'inspecteur ne sourcilla pas. Sa voix resta terne et égale. La physionomie du Père Brown ne trahissait rien, mais tous les autres visages étaient perplexes; le barman n'était pas particulièrement grand et personne n'aurait pensé à le traiter de milliardaire, quant au gérant, c'était un véritable avorton.

— Je vous demande seulement d'identifier le barman, reprit l'inspecteur. Bien entendu, nous savons qui c'est, mais nous aimerions connaître votre opinion. Vous voulez dire...

Et il s'interrompit brusquement.

— Eh bien! il est visible à l'œil nu, dit l'Écossais d'une voix lasse.

Il fit un geste, et le gigantesque Jukes, prince des commis voyageurs, chargea comme un éléphant en furie. En un clin d'œil trois policiers se jetèrent sur lui comme des chiens sur une bête fauve.

— Eh bien! c'était simple comme bonjour, dit le Père Brown à son ami quelques instants plus tard. Ainsi que je vous l'ai dit, ma première pensée dès que je suis entré dans cette salle vide fut que, en l'absence du barman, rien au monde ne pouvait empêcher vous ou moi ou tout autre de lever l'abattant, de passer de l'autre côté du comptoir et d'empoisonner n'importe laquelle des bouteilles qui attendaient les clients. Bien entendu un empoisonneur à la page aurait imité Jukes et remplacé la bouteille ordinaire par une bouteille empoisonnée. C'était l'affaire d'une seconde; ce fut d'autant plus facile pour lui, en sa qualité de représentant en spiritueux, d'avoir une fiole de cherry-brandy toute prête et de même modèle. Une seule condition était nécessaire et elle s'est trouvée remplie. Il eût été impossible d'empoisonner la bière ou le whisky bus par des tas de gens, c'eût été causer un massacre. Mais quand un homme a un breuvage attitré, du cherry-brandy par exemple, qui n'a pas beaucoup d'amateurs, c'est aussi facile que de l'empoisonner dans sa propre maison et beaucoup moins risqué. Infailliblement les soupçons devaient tomber sur l'hôtel ou un habitant de l'hôtel; rien au monde ne pourrait indiquer quel était le coupable entre cent clients qui avaient pu entrer. Même si quelqu'un soupçonnait les clients, c'était le crime le plus anonyme que l'on pouvait commettre. Ni vu ni connu, je t'embrouille.

— Et pourquoi l'assassin l'a-t-il commis? demanda son ami.

Le Père Brown se leva et ramassa gravement les papiers qu'il avait éparpillés dans son trouble.

— Puis-je attirer votre attention sur ces lettres qui pourraient servir de documents à une biographie de John Raggley, ou bien faut-il que je vous rappelle les mots qu'il a lui-même prononcés? Il a dit, dans cette salle, qu'il allait dénoncer le scandale de l'exploitation des hôtels. Il s'agissait de l'accord illicite entre les propriétaires d'hôtels et un vendeur qui acceptait ou donnait des commissions secrètes pour que sa maison ait le monopole de tous les spiritueux vendus à cet endroit. Il ne s'agit pas d'un marché loyal comme ceux que concluent certains débits mais d'une véritable escroquerie contre les consommateurs. C'est un acte délictueux. Aussi l'ingénieux Jukes profitant d'un moment où le bar fut vide, comme cela arrivait souvent, passa de l'autre côté du comptoir et opéra l'échange des bouteilles. Par malheur, à cet instant, un Écossais vêtu d'un macfarlane entra et d'une voix bourrue commanda un whisky. Jukes n'avait qu'une échappatoire, faire semblant d'être le barman et servir le client. A son grand soulagement le client partit avec la rapidité de l'éclair.

— Vous êtes vous-même rapide comme l'éclair, observa Greenwood, pour avoir flairé cela dès le début dans l'atmosphère d'une pièce vide. Avez-vous soupçonné tout de suite Jukes?

— Eh bien! il avait vraiment l'air d'un milliardaire, répondit le Père Brown et il avait la voix autoritaire d'un richard, alors que tous ses compagnons étaient de braves types besogneux, mais j'ai compris qu'il était un imposteur en remarquant le diamant qui étincelait à sa cravate.

— Parce que c'était du toc? demanda Greenwood d'un ton de doute.

— Oh non, parce qu'il était vrai, riposta le Père Brown.

LE SCANDALE
DU PÈRE BROWN

Ce serait un véritable abus de confiance que de relater les aventures du Père Brown sans admettre qu'il s'est trouvé un jour compromis dans un grave scandale. Qui plus est, certaines personnes, peut-être même de sa propre religion, sont prêtes à jurer que sa réputation en est restée entachée. Cela se passa dans une pittoresque hôtellerie mexicaine, assez mal famée ainsi qu'on le sut plus tard. Certains pensèrent que, pour une fois, le prêtre, entraîné par son goût pour le romanesque et sa compréhension des faiblesses humaines, s'était prêté à un acte contraire à la morale et à l'orthodoxie. L'histoire en elle-même était simple et peut-être ne fut-elle un coup de théâtre qu'en raison de sa simplicité.

La destruction de Troie eut pour cause première Hélène, cette histoire scandaleuse eut pour cause première la beauté d'Hypatia Potter. Les Américains ont le don, que les Européens n'apprécient pas toujours, de créer des dieux plus infernaux que célestes, c'est-à-dire, dus à l'initiative populaire. Comme tout autre don, celui-ci a ses côtés comiques. L'un d'eux, ainsi que l'a remarqué M. Well et bien d'autres avec lui, c'est qu'un rêve humain peut être l'objet d'un culte public qui n'est pas reconnu par l'État. Une jeune fille remarquable par sa beauté ou son esprit devient une sorte de reine sans couronne, même si elle n'est pas vedette de cinéma ou romancière célèbre. Parmi les élues qui ont eu le bonheur ou l'infortune de jouir des hommages de la foule, se trouvait une certaine Hypatia Hard qui, après avoir été couverte de fleurs dans les échos mondains des feuilles de chou de sa ville natale, avait suffisamment monté en grade pour être bel et bien interviewée par de vrais journalistes. Sur la guerre, la paix, le patriotisme, la prohibition, l'évolution et la Bible, elle avait donné son opinion avec un sourire charmant; aucune de ses déclarations n'était assez géniale pour justifier sa renommée et les véritables raisons de cette renommée demeuraient assez obscures. La beauté, un père cousu d'or ne sont pas des raretés dans son pays. Mais elle avait de plus tout ce qui peut attirer l'œil aux aguets des journalistes. Pour ainsi dire aucun de ses admirateurs ne l'avait jamais vue ou ne conservait l'espoir de la voir, et aucun d'eux ne tirait de bénéfices sordides des milliards de son père. C'était simplement une sorte de légende, l'équivalent moderne des fables mythologiques; et ce fut le prologue du roman plus ampoulé et plus tragique dont elle fut plus tard l'héroïne et grâce auquel, au dire de bien des gens, le Père Brown et d'autres aussi bien furent perdus de réputation.

Ceux que la satire américaine a réunis sous le

titre global de «Confrérie des Pleurnichards» acceptèrent avec résignation, ou en l'accommodant à une sauce romanesque, le fait qu'elle fût déjà mariée à un digne et honorable homme d'affaires qui répondait au nom de Potter. Il fut même possible un certain temps de la considérer comme Mrs Potter, étant bien entendu que son mari n'était que le mari de Mrs Potter.

Quand éclata le grand scandale qui horrifia ses amis et ses ennemis au-delà de leurs espoirs les plus extravagants, son nom fut associé, selon l'expression consacrée, à celui d'un écrivain qui habitait le Mexique; américain par l'état civil, hispano-américain par le caractère. Par malheur, ses vices ressemblaient aux vertus d'Hypatia, en ceci qu'ils fournissaient d'excellents sujets d'articles. Ce n'était rien moins que le célèbre ou infâme Rudel Romanes, le poète aux œuvres connues dans le monde entier pour avoir été mises à l'index dans les bibliothèques et interdites par la police. En tout cas la pure et sereine étoile d'Hypatia suivit l'orbite de cette comète. Cette comparaison avec une comète s'impose, car le poète était à la fois chevelu dans ses portraits et enflammé dans sa poésie. Il était également doué d'un pouvoir destructeur. La comète laissait derrière elle une traînée de divorces dont quelques-uns attestaient ses succès d'amant et d'autres ses fiascos de mari. C'était dur pour Hypatia; ce n'est pas toujours rose de filer le parfait amour en public; cela ressemble au mobilier d'une chambre à coucher dans la vitrine d'un magasin. Les reporters envoyèrent à leurs journaux des phrases alambiquées sur le droit à vivre sa vie et à suivre l'appel de son cœur. Les païens applaudirent, les membres de la « Confrérie des Pleurnichards » versèrent une larme de regret romantique ; certains poussèrent l'audace et la cruauté jusqu'à emprunter une citation au poème de Maud Mueller pour démontrer que, de tous les mots échappés à la langue ou à la plume, les plus tristes sont : « Cela aurait pu être. » Et M. Agar P. Rock, qui poursuivait la « Confrérie des Pleurnichards » d'une haine sainte et légitime, déclara que pour lui il acceptait de tout cœur la rectification que Bret Harte avait apportée au poème : « Plus tristes encore sont les spectacles que nous voyons journellement ; ce qui est et ne devrait pas être. »

Car M. Rock était convaincu, non sans raison, que bien des choses ne devraient pas être. C'était un éreinteur, un critique acerbe de la décadence nationale, un homme hardi et honnête. Il écrivait au *Minneapolis Meteor*. Peut-être s'était-il trop spécialisé dans l'invective, mais son indignation était inspirée par le désir sain et normal de réagir contre la sensiblerie qui pousse les journalistes modernes et les gens du monde à confondre le bien et le mal. Il s'emportait avec force contre ceux qui transforment en héros les apaches et les bandits et les gratifient d'une sacrilège auréole. Peut-être, dans son impatience, était-il trop enclin à supposer que tous les gangsters étaient des métèques et que tous les métèques étaient des gangsters. Mais, même quand ils sentaient leur province, ses préjugés étaient ravigotants, après l'adoration béate et imbécile octroyée à un coupe-jarret de profession pourvu que la presse ait porté aux nues son irrésistible sourire ou la coupe de son smoking.

Quoi qu'il en soit, les préjugés n'en faisaient pas moins bouillir le sang de M. Rock parce qu'il se trouvait bel et bien dans le royaume des métèques au début de ce récit. A grandes enjambées furieuses il gravissait une colline un peu en deçà de la frontière mexicaine, et se dirigeait vers un hôtel tout blanc derrière un rideau de palmiers du plus bel effet décoratif; c'était là, supposait-il, le séjour des Potter; c'était là que la mystérieuse Hypatia tenait sa cour. Même physiquement Agar Rock avait tout du puritain, il représentait le mâle puritain du XVIIe siècle plutôt que le puritain indulgent et blasé du XXe. Si vous lui aviez dit que son chapeau noir de forme antique, le pli sombre de son front, ses beaux traits d'une impitoyable dureté assombrissaient le pays ensoleillé des palmiers et des vignes, il eût été au comble de la joie. Il promenait de droite et de gauche des yeux étincelants d'éternel soupçon et, ce faisant, il aperçut sur la crête au-dessus de lui deux silhouettes qui se découpaient en noir sur la magnificence d'un coucher de soleil semi-tropical, et l'attitude de ces silhouettes aurait pu inspirer des soupçons à un homme moins soupçonneux.

L'une d'elles était tout à fait remarquable par elle-même. Elle se dressait à l'angle exact du tournant de la route comme une statue que son sculpteur aurait placée sur le piédestal le mieux approprié. Elle était drapée dans une grande cape noire à la Byron et la tête qui sortait des plis du manteau était dans sa beauté bistrée étonnante semblable à celle de Byron. Cet homme avait les mêmes cheveux bouclés, le même nez aquilin. Il paraissait défier le monde avec le même mépris et la même indignation. Il serrait dans sa main un long bâton ou une canne qui, garni d'une pointe de fer à l'imitation d'un piolet, prenait à cette distance des airs d'épieu. Et cette ressemblance accentuait le contraste comique que présentait la silhouette de l'autre homme, armé, lui, d'un parapluie. C'était un parapluie neuf et soigneusement roulé, fort différent des vieux riflards du Père Brown et son propriétaire était vêtu d'un costume clair de rond-de-cuir en vacances. C'était un homme trapu, replet, barbu; mais il levait et même brandissait d'un geste agressif le prosaïque parapluie. L'autre riposta avec la précipitation de quelqu'un qui repousse une attaque imprévue; mais le drame tourna aussitôt à la comédie, car le parapluie s'ouvrit tout seul et son propriétaire sembla s'affaisser derrière lui tandis que son adversaire avait l'apparence de transpercer de son épieu un bouclier grotesque; mais il ne le traversa pas et brisa là la querelle; il abaissa sa canne, pivota sur ses talons et à grandes enjambées descendit la colline. L'autre se releva, referma avec soin le parapluie et prit la direction opposée, celle de l'hôtel. Rock n'avait entendu aucune des paroles qui avaient sans doute précédé ce duel rapide et absurde. Mais, tandis qu'il continuait sa route sur les traces du petit homme barbu, son cerveau ne restait pas inactif. La cape romantique, la beauté théâtrale de l'un des combattants unies à la hardiesse de l'autre s'accordaient très bien à la tragédie conjugale qui l'attirait dans ces lieux, et il assigna aussitôt des noms à ces étranges silhouettes : Romanes et Potter. Son hypothèse se trouva confirmée lorsqu'il pénétra sous le porche à colonnes de l'hôtel et entendit la voix du barbu qui tonnait d'un ton d'altercation ou de commandement. Il s'adressait évidemment au gérant ou à un membre du personnel de l'hôtel et Rock comprit qu'il les mettait en garde contre un individu dangereux qui rôdait dans les alentours.

– S'il s'est déjà présenté dans cet hôtel, disait le petit homme en réponse à quelque timide protestation, je vous conseille la prochaine fois de lui fermer la porte au nez. Un type de cet acabit, votre police devrait l'avoir à l'œil. En tout cas, je ne tolérerai pas que cette dame soit importunée par ses assiduités.

Rock écoutait dans un silence farouche; sa conviction était faite. Il traversa discrètement le vestibule, se glissa dans un petit bureau où il aperçut le registre de l'hôtel; en l'ouvrant à la dernière page il se rendit compte que l'individu en question était déjà un des clients de l'hôtel. Le nom de Rudel Romanes, le poète chevelu, idole de la foule, s'étalait, en gros caractères tarabiscotés, d'une écriture étrangère; et un peu plus bas, tout près l'un de l'autre, Agar lut les noms d'Hypatia Potter et d'Ellis T. Potter en honnêtes caractères américains.

Agar Rock promena un regard pensif autour de lui et vit dans le cadre, et même dans le décor de l'hôtel, ce qu'il détestait le plus. C'était peut-être absurde de s'emporter contre les oranges qui poussaient sur les orangers en caisse; plus absurde encore lorsque ces oranges formaient un dessin géométrique sur des rideaux élimés et des tapisseries fanées. Mais pour lui ces lunes rouges et dorées, alternées de lunes d'argent, représentaient sans qu'il sût pourquoi tous les clairs de lune du monde... Il voyait en elles la cause de ce relâchement sentimental que ses préjugés attribuaient vaguement au climat trop chaud et trop doux du sud. Ce ne fut pas sans contrariété qu'il aperçut une toile sombre où se devinait un berger de Watteau une guitare entre les doigts, ou un carreau de céramique assez banalement décoré d'un Cupidon à cheval sur un dauphin. Son bon sens lui disait qu'il aurait pu les voir tout aussi bien dans une vitrine de la Cinquième Avenue, mais là c'était la tentation, la voix de sirène du paganisme méditerranéen. Et brusquement l'aspect de tous ces objets subit une métamorphose comme l'eau immobile d'un miroir tremblote lorsqu'une silhouette s'y reflète une seconde au passage. Il se rendit compte que toute la salle était pleine d'une présence provocante, il se retourna avec raideur comme malgré lui et comprit qu'il se trouvait en face de la célèbre Hypatia dont il entendait depuis des années chanter les louanges en vers et en prose.

Hypatia Potter, née Hard, était une de ces femmes à qui le mot « rayonnante » s'applique au sens propre et au sens figuré, c'est-à-dire que sa personnalité, comme le disaient les journalistes, avait un incomparable rayonnement. Elle aurait été également belle, et plus attirante aux yeux de certains, si elle eût été plus réservée ; mais on lui avait appris que la réserve n'est qu'une forme de l'égoïsme. Elle prétendait sacrifier son bonheur à celui de ses semblables ; il aurait été plus vrai de dire qu'elle recherchait son propre bonheur ; en tout cas, elle était de bonne foi. Ses beaux yeux bleus, scintillants comme des étoiles, vous transperçaient vraiment, ainsi que dans la métaphore rebattue des anciens poètes, où les yeux pareils aux flèches de l'Amour tuaient à distance ; mais dans ce désir éthéré de conquêtes n'entrait pas une parcelle de coquetterie vulgaire. Ses cheveux d'un blond très pâle, bien que disposés en auréole de sainte, avaient une radiation presque électrique, et quand elle comprit que l'étranger qui se trouvait devant elle était M. Agar Rock du *Minneapolis Meteor*, ses yeux se transformèrent d'eux-mêmes en phares à longue portée, capables d'embraser les horizons les plus lointains.

Mais la belle se trompait, ce qui lui arrivait quelquefois, car Agar Rock n'était pas Agar Rock du *Minneapolis Meteor*. Il était à ce moment uniquement Agar Rock ; un grand élan de sincérité le souleva, qui n'avait rien à voir avec le toupet grossier du journaliste. L'instinct chevaleresque, si fort chez les hommes de sa nation, de rompre une lance en l'honneur de la beauté mêlé à une démangeaison – non moins typiquement américaine – de venger la morale outragée l'enhardit à risquer un esclandre et à proférer une généreuse insulte. Il se souvint de la première Hypatie, la belle néo-platonicienne ; il se souvint de son émotion quand il avait lu dans sa jeunesse le passage du roman de Kingsley où le jeune moine fulmine contre elle et la traite de prostituée et d'idolâtre. Il s'avança vers elle avec un front d'airain et dit :

— Si vous voulez bien me le permettre, madame, je voudrais vous dire un mot en tête à tête.

— Eh bien, dit-elle en parcourant la salle de ses beaux yeux, je ne sais pas si nous sommes en tête à tête ici.

Rock jeta aussi un regard circulaire et n'aperçut pas d'êtres plus animés que les orangers, à l'exception d'une espèce de gros champignon noir dans lequel il reconnut le chapeau de quelque prêtre du pays qui fumait avec flegme un cigare noir et, à part cela, n'était guère plus vivant que les plantes. Rock examina un moment les lourds traits sans expression, remarqua la rudesse de cette souche paysanne dont les prêtres sont souvent issus dans les pays latins et en particulier dans les contrées de l'Amérique latine. Il baissa la voix et se mit à rire.

— Je ne crois pas que ce padre mexicain connaisse notre langue, dit-il. Pas de danger que ces flemmards-là se donnent la peine d'apprendre une langue étrangère. Oh ! je ne jurerais pas qu'il soit mexicain, il peut être n'importe quoi, un métis d'Indien ou de nègre ; mais il n'est pas américain, j'en mettrais la main au feu. Chez nous, ces êtres dégénérés n'entrent pas dans les ordres.

— En réalité, dit le type dégénéré, en ôtant de sa bouche son cigare noir, je suis anglais et mon nom est Brown. Je vais me retirer si ma présence vous gêne.

— Si vous êtes anglais, reprit Rock avec chaleur, votre instinct d'homme du Nord sain et équilibré doit protester contre toutes ces extravagances. Il me suffira de dire qu'un dangereux individu rôde aux alentours ; je l'ai vu de mes propres yeux. C'est un homme de haute taille, drapé dans une cape ainsi que la postérité a gardé l'image de certains poètes détraqués.

— C'est un signalement un peu vague, observa le prêtre avec douceur. Beaucoup de gens ici font usage de ces capes, dès que le soleil a disparu le froid se fait sentir.

Rock lui lança un regard sombre et indécis ; il soupçonnait que le prêtre cherchait un subterfuge pour protéger tout ce que symbolisaient à ses yeux le clair de lune et le chapeau en forme de champignon.

— Ce n'est pas seulement la cape, grommela-t-il, bien qu'il ne la portât pas à la manière du commun des mortels. Des pieds à la tête ce type avait tout du cabotin. Il était bigrement trop beau pour être honnête, et, si je puis prendre cette liberté, madame, je vous conseillerai fortement de refuser de le voir s'il vous poursuit jusqu'ici. Votre mari a déjà ordonné au personnel de l'hôtel de lui fermer la porte au nez.

Hypatia se leva d'un bond et, d'un geste étrange, plongea son visage dans ses mains, les doigts dans ses cheveux ; elle tremblait de tout son corps, secouée peut-être de sanglots, mais quand elle reprit quelque empire sur elle-même, les sanglots s'étaient transformés en fou rire.

— Oh ! vous êtes tous trop drôles, s'écria-t-elle, et avec une vivacité qui lui était peu coutumière, elle prit son élan, se précipita vers la porte et disparut.

— Elles ont leurs nerfs quand elles rient comme cela, dit Rock mal à l'aise, et complètement déconcerté il se tourna vers le petit prêtre. Comme je l'ai dit, si vous êtes anglais vous devez prendre mon parti contre ces maudits métèques. Oh ! je ne prends pas pour argent comptant tout ce bourrage de crâne sur la supériorité des Anglo-Saxons, mais après tout l'histoire est là pour un coup. Vous avez le droit de prétendre que l'Amérique doit sa civilisation à l'Angleterre.

— Eh ! pour rabaisser notre orgueil, nous devons reconnaître que l'Angleterre doit sa civilisation aux métèques, riposta le Père Brown.

De nouveau le journaliste exaspéré eut l'impression que son interlocuteur se livrait à un assaut d'armes et, pour parer les bottes, avait recours à une mystérieuse tactique ; sèchement il avoua qu'il donnait sa langue au chat.

— Eh bien, il y a eu un certain métèque, et qui plus est d'origine italienne, qui s'appelait Jules César, dit le Père Brown. Plus tard il a été tué dans une rixe ; ces métèques, vous le savez, ça joue toujours du couteau ; et c'est un autre, nommé Augustin, qui a apporté le christianisme dans notre petite île. Sans ces deux-là, nous ne pourrions guère nous vanter de notre civilisation.

— Tout cela, c'est de l'histoire ancienne, protesta le journaliste moderne. Je vois que ces fripouilles ramènent le paganisme dans notre pays et détruisent tous les sentiments chrétiens; ils sapent notre bon sens. De nos coutumes traditionnelles, de notre ordre social, de la manière de vivre des fermiers qui étaient nos pères et nos grands-pères, plus rien ne reste; nous pataugeons dans la boue infecte des histoires sensationnelles et sensuelles de vedettes de cinéma qui divorcent à peu près tous les mois; le mariage n'est plus pour les oies blanches que l'accès au divorce.

– Vous avez tout à fait raison, dit le Père Brown. Bien entendu, je suis de votre avis, mais il faudrait faire la part du feu. Peut-être ces gens du nord sont-ils prédisposés à ce genre de péché. N'oublions pas que les gens du Nord ont d'autres défauts; peut-être ce décor encourage-t-il à donner trop d'importance au romanesque...

A ce mot, qui toute sa vie avait excité son indignation, Agar éclata:

– Je déteste le romanesque! cria-t-il, en tapant du poing la petite table devant lui. Depuis quarante ans, je fais la guerre dans les journaux à cette imbécillité sans nom. Qu'un polisson décampe avec une serveuse de bar et on parle d'enlèvement romanesque. Voilà que notre Hypatia Hard, fille de gens comme il faut, va peut-être figurer dans un de ces sacrés procès de divorce qui paraissent si romanesques qu'on les annonce au monde à son de trompes aussi joyeusement qu'un mariage royal. Ce fou de poète tourne autour de ses jupes; et vous pouvez parier qu'un projecteur l'éclairera en plein comme ces sales petits métèques qui jouent les amoureux sur l'écran. Je l'ai vu dehors, il a une vraie tête de jeune premier. Or, moi, je prends fait et cause pour ce pauvre Potter, ce brave agent de change tout rond de Pittsburgh qui veut à tout prix garder son foyer et qui est prêt à le défendre. Je l'entendais tout à l'heure tempêter contre le directeur et lui enjoindre de ne pas ouvrir ses portes à ce gredin. Il n'a pas tort. Les gens de l'hôtel m'ont l'air sujets à caution, mais il les a fait trembler dans leurs bottes.

— En réalité, dit le Père Brown, je suis de votre avis en ce qui concerne le gérant et les hommes de cet hôtel, mais il ne faut pas juger tous les Mexicains d'après eux et j'imagine que le personnage en question non seulement a tempêté, mais encore a distribué assez de dollars pour s'attirer toutes les sympathies. J'ai vu les domestiques barricader les portes et chuchoter fièvreusement. Soit dit en passant, votre brave ami tout rond m'a l'air d'avoir les poches bien garnies.

— Oui, il mène bien sa barque, dit Rock. C'est le type du bon homme d'affaires. Que voulez-vous dire?

— J'imaginais que cela pouvait vous suggérer une autre pensée, dit le Père Brown.

Puis il se leva, et, après des manifestations de politesse un peu exagérées, il se retira.

Le soir, pendant le dîner, Rock ne quitta pas les Potter des yeux. Il tira de nouvelles conclusions, mais son instinct lui disait toujours qu'un danger menaçait la paix du ménage Potter. Potter lui-même valait la peine d'un examen plus approfondi. Bien que le journaliste, dès le début, l'eût jugé terre à terre et dépourvu de prétentions, ce n'était pas sans plaisir qu'il relevait des mérites chez cet homme, héros ou victime d'une tragédie. Potter avait vraiment un visage pensif et distingué, quoique de temps en temps soucieux et irrité. Rock eut l'impression qu'il relevait de maladie. Ses cheveux ternes et clairsemés étaient trop longs, comme s'il n'était pas allé chez le coiffeur depuis quelque temps. Sa barbe un peu hirsute corroborait cette idée. Une ou deux fois il s'adressa à sa femme d'un ton acerbe et revêche et mena grand tapage à propos d'un cachet ou de quelque autre drogue destinée à assurer ses fonctions digestives. Mais sans aucun doute, c'était le danger extérieur qui le tracassait le plus. Sa femme, superbe et condescendante, lui donnait la réplique de l'air d'une patiente Griselida ; mais sans cesse ses yeux inspectaient les portes et les volets, comme si elle craignait ou espérait une invasion. Après l'étrange algarade de la jeune femme, Rock n'avait que trop de raisons de redouter que l'espoir ne l'emportât sur la crainte.

Ce fut au beau milieu de la nuit qu'eut lieu le coup de théâtre. Rock, qui s'imaginait être le dernier à s'aller coucher, fut surpris de trouver le Père Brown encore blotti dans la pénombre sous un oranger de la véranda et lisant placidement un livre. Le prêtre répondit à son bonsoir sans y ajouter de commentaires ; le journaliste avait déjà le pied sur la première marche de l'escalier lorsque la porte d'entrée trembla, vibra, et sauta presque de ses gonds sous une grêle de coups assenés du dehors ; une voix furieuse et plus retentissante que les coups s'éleva et, en termes violents, ordonna d'ouvrir sur-le-champ. Rock était convaincu que c'était une canne pointue comme un alpenstock qui avait ébranlé l'huis. Il jeta un regard sur le rez-de-chaussée à demi osbcur, aperçut des domestiques qui couraient sans bruit pour s'assurer que les portes étaient bien fermées. Puis il monta lentement à sa chambre pour écrire son article d'une plume impétueuse.

Il décrivit le siège de l'hôtel, son atmosphère sinistre, son luxe défraîchi. Il raconta les faux-fuyants du prêtre retors; il appuya surtout sur ces hurlements de loup en quête de proie. Tandis qu'il écrivait, un nouveau son frappa son oreille et il leva la tête. Un long sifflement se fit entendre à plusieurs reprises et il parut doublement odieux au journaliste morose, parce qu'il tenait à la fois du signal du conspirateur et de l'appel amoureux d'un oiseau. Un silence profond lui succéda; Rock resta sur le qui-vive, puis il se leva brusquement, car il avait entendu un autre bruit. C'était cette fois un faible crissement suivi d'un coup sec; il était presque sûr que quelqu'un avait jeté quelque chose contre une fenêtre. De son pas raide, il descendit au rez-de-chaussée, maintenant obscur et désert – ou presque désert – car le petit prêtre était encore assis sous l'oranger et lisait à la clarté d'une lampe posée sur une table.

– Vous veillez bien tard, remarqua Rock d'une voix rude.

– Je mène vraiment une vie de bâton de chaise, dit le Père Brown avec un large sourire, je lis : *Usure et Économie* jusqu'à une heure indue.

– L'hôtel est fermé, dit Rock.

— Fermé, barricadé, répliqua le prêtre. Votre ami à barbe a pris ses précautions. Soit dit en passant, votre ami à barbe est un peu nerveux, il paraissait de fort méchante humeur pendant le dîner.

— C'est assez naturel, grommela l'autre, s'il pense que dans ce pays de sauvages, des brutes sont à l'œuvre pour détruire sa vie conjugale.

— Ne serait-ce pas mieux pour un mari de faire régner la joie à l'intérieur de son foyer tout en se protégeant des dangers extérieurs ? demanda le Père Brown.

— Oui, vous allez invoquer les mauvaises raisons de la casuistique, dit le journaliste. Peut-être a-t-il été un peu hargneux envers sa femme, mais il a le droit de son côté. Dites-donc, vous me faites l'effet d'un malin, je crois que vous en savez plus que vous ne dites. Que diable manigance-t-il dans ce sacré hôtel ? Pourquoi passez-vous la nuit debout ?

— Eh bien ! expliqua posément le Père Brown, j'ai pensé qu'on aurait peut-être besoin de ma chambre.

— Qui ça ?

— Le fait est que Mrs Potter avait besoin d'une autre chambre, reprit le Père Brown sans ambages. Je lui ai donné ma chambre parce que je pouvais ouvrir la fenêtre. Allez voir si vous voulez.

— Je ferai d'abord autre chose, dit Rock en grinçant des dents. Vous pouvez vous livrer à vos singeries dans cet hôtel de macaques espagnols, mais je suis en contact avec le monde civilisé.

D'une enjambée il fut dans la cabine téléphonique, demanda le numéro de son journal et, d'une seule haleine, raconta l'histoire du prêtre dépravé qui avait aidé le poète dépravé; puis, quatre à quatre, monta à la chambre du prêtre et à la lueur d'une bougie que le Père Brown venait d'allumer, il vit que la fenêtre était grande ouverte. Il eut juste le temps d'apercevoir une espèce de grossière échelle de corde décrochée de la fenêtre et roulée par un dieu grec qui riait sur la pelouse. Le dieu grec était grand et basané, et une déesse blonde qui riait aussi l'accompagnait. Cette fois M. Rock n'eut même pas la consolation de dire que ce rire était nerveux; il n'était que trop horriblement sincère, il résonnait dans les allées tortueuses du jardin, tandis que la belle et son troubadour disparaissaient derrière les massifs.

Agar Rock tourna vers le prêtre un sombre visage de Jugement dernier.

— L'Amérique entière sera informée, dit-il. Parlons carrément; vous l'avez aidée à décamper avec ce jeune premier aux cheveux bouclés.

— Oui, dit le Père Brown, je l'ai aidée à décamper avec ce jeune premier aux cheveux bouclés.

— Vous revendiquez le titre de ministre de Jésus-Christ, cria Rock, et vous vous vantez d'un crime!

— J'ai été mêlé à plus d'un crime, dit le prêtre avec douceur. Par bonheur, pour cette fois, cette histoire est sans crime; c'est une simple idylle, tout à fait pot-au-feu; elle finit par l'exaltation des vertus familiales.

— Et elle finit par une échelle de corde et non un nœud coulant, cria Rock. N'est-elle pas une femme mariée?

— Bien sûr que si, dit le Père Brown.

— Ne devrait-elle pas être avec son mari? insista Rock.

— Elle est avec son mari, dit le Père Brown.

Le journaliste monta sur ses grands chevaux.

— Vous mentez, dit-il. Le pauvre petit homme ronfle encore dans son lit.

— Vous semblez bien au courant de sa vie intime, gémit le Père Brown. Vous pourrez presque écrire la biographie de l'homme à barbe; le seul détail que vous n'avez pu tirer au clair, c'est son nom.

— Allons donc, dit Rock, son nom est dans le registre de l'hôtel.

— Je le sais, répondit le prêtre, en hochant gravement la tête; il y est en très grosses lettres, c'est le nom de Rudel Romanes. Hypatia Potter qui l'a retrouvé ici a écrit hardiment son nom sous le sien alors qu'elle avait l'intention de se faire enlever par lui; et le mari a ajouté son nom en dessous, alors qu'il les avait poursuivis jusqu'ici. Et en manière de protestation il l'a mis tout près de celui de sa légitime épouse. Puis Romanes, riche comme Crésus, misanthrope sorti du peuple et contempteur des hommes, a graissé la patte des idiots de l'hôtel pour qu'ils verrouillent et barricadent les portes et laissent le mari se morfondre dehors. Moi, ainsi que vous m'en accusez à juste titre, je l'ai aidé à entrer.

Quand un homme entend des phrases à rebours

du sens commun - par exemple que la queue frétille du chien, que le poisson a attrapé le pêcheur, que la terre tourne autour de la lune — il lui faut quelque temps pour les diriger et se demander sérieusement si elles sont vraies. Il se contente tout d'abord de constater que c'est le monde renversé. Rock s'écria enfin :

— Vous n'allez pas me dire que cet avorton est le romantique Rudel que tous les journaux célèbrent à qui mieux mieux et que l'Adonis aux cheveux bouclés est M. Potter de Pittsburgh?

— Si! dit le Père Brown. Je l'ai deviné dès que je les ai aperçus tous les deux et je l'ai vérifié après.

Rock rumina quelques instants.

— Il est peut-être possible que vous ayez raison, dit-il. Comment avez-vous pu avoir une telle idée à première vue?

Le Père Brown demeura interloqué. Il s'affala dans un fauteuil, les yeux fixés dans le vide et un faible sourire commença à poindre sur son visage rond et naïf.

— Eh bien! dit-il, voyez-vous, c'est que je ne suis pas romanesque.

— Je me moque de ce que vous êtes, interrompit Rock.

— Et vous, vous êtes romanesque, dit le Père Brown, comme s'il lui tendait la perche. Par exemple, vous voyez un homme d'allure poétique et vous en déduisez que c'est un poète. Savez-vous à quoi ressemblent la plupart des poètes? Qu'elle a pu fausser les idées, la présence simultanée sur terre au début du XIXe siècle de ces trois aristocrates, beaux comme le jour : Byron, Goethe et Shelley. Croyez-moi, un homme peut écrire : « La beauté a posé ses lèvres de feu sur les miennes », ou d'autres balivernes de ce genre sans être lui-même particulièrement beau, de plus, ne comprenez-vous pas qu'un poète est déjà vieux lorsque sa gloire a rempli le monde. Watts a représenté Swinburne avec une auréole de cheveux ; mais le crâne de Swinburne était complètement déplumé lorsque ses derniers admirateurs d'Amérique ou d'Australie entendirent parler de ses boucles d'un noir d'ébène. Il en fut de même pour D'Annunzio. En réalité, Romanes a une belle tête, vous vous en apercevrez si vous le regardez de près ; il a l'air d'un intellectuel et c'est ce qu'il est. Par malheur, comme bon nombre d'intellectuels, c'est un imbécile. Il est avachi par l'égoïsme et obsédé par la crainte de troubles digestifs. Aussi l'ambitieuse Américaine, qui croyait que s'enfuir avec un poète ce serait prendre son vol vers l'Olympe sous l'escorte des neuf muses, a été désillusionnée au bout d'un jour ou deux et, quand son mari est venu la rechercher et a livré l'assaut à l'hôtel, elle ne demanda pas mieux que de le suivre.

— Mais son mari ? interrogea Rock, son mari m'intrigue un peu.

— Ah ! vous avez lu beaucoup trop de nos romans d'amour modernes, dit le Père Brown, et il ferma à demi les yeux en réponse au regard foudroyant de Rock. Je sais que beaucoup d'entre eux ont pour point de départ une femme belle à damner les saints, mariée à quelque vieux satyre de la Bourse. Mais pourquoi ? En cela, comme en bien d'autres choses, les romans modernes trahissent l'esprit moderne. Je ne dis pas que cela n'arrive jamais, en tout cas cela n'arrive guère plus que par la faute de la femme. De nos jours, les jeunes filles épousent qui elles veulent et particulièrement les enfants gâtées comme Hypatia ; et qui épousent-elles ? Une fille belle et riche a toujours une cour d'admirateurs, et qui choisira-t-elle ? Il y a dix contre un à parier qu'elle se mariera très jeune et choisira le plus beau garçon qu'elle rencontrera au bal ou au tennis. Eh bien, les hommes d'affaires sont beaux quelquefois. Un jeune dieu nommé Potter se présenta et qu'il fût agent de change ou cambrioleur, elle se fût également toquée de lui. Dans son milieu, vous l'admettrez, il y avait des chances pour que ce fût un agent de change, et des chances aussi pour qu'il s'appelât Potter ; vous êtes si incurablement romanesque que vous vous êtes fourré dans la tête qu'un homme beau comme un jeune dieu ne pouvait s'appeler Potter. Croyez-moi, les noms ne sont pas distribués selon les têtes.

– Eh bien ! dit l'autre après un court silence, à votre idée, que s'est-il passé après ?

Le Père Brown quitta brusquement le fauteuil où il s'était effondré. La lueur de la bougie jetait l'ombre de son corps trapu sur le mur et sur le plafond, donnant l'impression bizarre que les proportions de la chambre s'étaient altérées.

– Ah ! s'exclama-t-il, c'est là que le diable intervient, le diable en personne. Mille fois plus pervers que les vieux démons indiens de la jungle.

Vous pensez que je cherche à justifier le libertinage des habitants de l'Amérique latine; eh bien! le plus bizarre – et ses yeux ronds de hibou clignotèrent derrière ses verres – le plus bizarre, c'est que, en un sens, vous avez raison. Vous criez : « A bas l'amour », je dis, moi, que je me risquerai à combattre l'amour sincère, d'autant qu'il est si rare, exception faite des premiers jours bouillants de la jeunesse. Supprimez les amitiés intellectuelles, supprimez les unions platoniques, supprimez le devoir impérieux de vivre sa vie et le reste, et j'affronterai les dangers qui accompagnent ma tâche. Supprimez l'amour qui n'est pas l'Amour mais seulement vanité et gloriole, désir de publicité, esbroufe et nous nous risquerons à combattre l'amour qui est l'amour quand il faut le combattre, aussi bien que l'amour qui est luxure et paillardise. Les prêtres savent que les jeunes gens doivent avoir leurs amourettes comme les docteurs savent qu'ils doivent avoir la rougeole. Mais Hypatia Potter a quarante ans bien sonnés et elle ne se soucie pas plus de ce petit poète que de son éditeur ou de son agent de publicité, c'est justement le cas : il était son agent de publicité. Ce sont vos journaux qui l'ont perdue; les feux de la rampe qui la suivent toujours, le désir de voir son nom en manchette, même au prix d'un scandale, pourvu qu'il soit suffisamment ésotérique et hors du commun. C'est le désir d'être George Sand et d'avoir son nom immortel grâce à Alfred de Musset. Quand le romanesque de la jeunesse se fut évaporé, ce fut le démon de midi qui s'empara d'elle, le démon de l'ambition intellectuelle. Elle n'a pour ainsi dire pas d'intellect, mais vous n'avez pas besoin d'intellect pour être intellectuel.

— Je crois qu'elle n'est pas bête dans son genre, observa pensivement Rock.

— Oui, dans son genre; elle a le sens des affaires. Elle n'a aucune ressemblance avec ces pauvres fainéants de métèques que l'on voit ici. Vous envoyez à tous les diables les vedettes de cinéma, vous me dites que vous détestez l'amour; croyez-vous que la vedette qui se marie pour la cinquième fois se laisse égarer par l'amour? Ces gens-là sont très pratiques, mille fois plus que vous. Vous dites que vous admirez l'homme d'affaire simple et crâne; croyez-vous que Rudel Romanes n'est pas un homme d'affaires? Ne croyez-vous pas qu'il connaissait aussi bien qu'Hypatia les avantages publicitaires de sa dernière aventure amoureuse avec une beauté à la mode? Il savait très bien aussi que sa conquête était éphémère, c'est pour cela qu'il faisait tant d'arias et distribuait des pourboires aux domestiques. Mais ce que je veux dire, en fin de compte, c'est qu'il y aurait moins de scandale si les gens n'idéalisaient pas le péché et ne se faisaient la gloire d'être des pécheurs. Ces pauvres Mexicains ont peut-être parfois à nos yeux l'air de vivre comme des bêtes ou plutôt de pécher comme des hommes; mais ils ne pèchent pas au nom de l'idéal, il faut tout au moins leur rendre cette justice.

Il se rassit aussi brusquement qu'il s'était levé et eut un rire contrit.

— Voici ma confession complète, monsieur Rock, dit-il, le récit horrifiant du rôle que j'ai joué dans un enlèvement, faites-en ce que vous voudrez.

— En ce cas, dit Rock qui se leva, je vais monter à ma chambre apporter quelques changements à mon article, mais d'abord il faut que je téléphone à mon journal, pour démentir les tas de mensonges que j'ai racontés.

Une demi-heure à peine s'était écoulée entre le moment où Rock avait téléphoné pour annoncer que le prêtre aidait le poète à prendre le large avec sa belle, et celui où il téléphona pour dire que le prêtre avait empêché le poète d'exécuter son dessein ; mais dans ce bref intervalle le scandale du Père Brown était né, avait grandi, s'était dispersé à tous les vents. La vérité eut une demi-heure de retard sur la calomnie, et nul ne peut savoir où et quand elle l'a rattrapée. Des journalistes volubiles et des ennemis zélés avaient répandu la première version dans toute la ville avant même qu'elle fût imprimée. Elle fut corrigée et contredite sur-le-champ par Rock lui-même dans un second message où il relatait la véritable fin de l'histoire. Mais la première version eut la vie dure ; les gens qui achetèrent la première édition du journal et s'en tinrent là furent légion. Maintes et maintes fois, dans tous les coins du globe, comme une flamme qui jaillit d'un tas de cendres noires, réapparaissait la vieille histoire du scandale du Père Brown, du prêtre qui a détruit le foyer des Potter. D'infatigables partisans du Père Brown étaient aux aguets et ne se lassaient pas de riposter avec des contradictions, des dénonciations, des lettres; quelquefois les lettres étaient publiées dans des journaux, quelquefois elles ne l'étaient pas. Cependant nul ne savait combien de gens avaient entendu l'histoire sans entendre la contradiction. Peut-être aurait-on trouvé des rues entières peuplées d'âmes innocentes et candides, qui croyaient que le scandale mexicain était un incident historique du genre de la conspiration des Poudres. Puis quelqu'un éclairait ces simples d'esprit et finissait par découvrir que la vieille histoire avait repris une nouvelle vigueur et circulait parmi des intellectuels qu'on aurait pu penser trop avisés pour en être dupes.

Ainsi les deux Père Brown se pourchassent éternellement d'un hémisphère à l'autre : le premier est un criminel endurci qui fuit la justice, le second un martyr abattu par la calomnie, mais avec un nimbe d'or, symbole de sa réhabilitation. Mais ni l'un ni l'autre ne ressemblent au véritable Père Brown qui n'est pas abattu pour un sou et déambule à travers la vie son riflard au bras, l'amour du genre humain au cœur; et s'il accepte le monde comme compagnon, il le récuse comme juge.

LA POURSUITE DE M. BLEU

Par un après-midi ensoleillée, un homme qui portait le nom cafardeux de Muggleton suivait, la mort dans l'âme, une esplanade au bord de la mer.

Le souci dessinait un fer à cheval sur son front. En vain les troupes de comédiens groupées çà et là sur la plage quêtaient du regard ses applaudissements. Les pierrots levaient leurs pâles faces lunaires, pareilles aux ventres blancs de poissons morts, sans lui arracher un sourire; des nègres factices, à qui un barbouillage de suie donnait un teint grisâtre, ne réussissaient pas davantage à lui insuffler des idées plus folâtres. C'était un homme triste et déçu. Sous son front déplumé et sillonné de rides, ses yeux étaient caves et ses joues rentrées; quoique de propreté douteuse, il avait une certaine distinction qui jurait avec le seul ornement agressif de son visage. C'était une moustache de sous-off, en brosse et tout hérissée et qui ressemblait étrangement à une fausse moustache. Peut-être, après tout, était-elle fausse. Peut-être, après tout, n'était-elle pas fausse. Peut-être, après tout, n'était-elle pas fausse, mais exagérée. On eût dit qu'il l'avait fait pousser à la hâte par un simple effort de volonté ; en tout cas, elle faisait partie de son métier plutôt que de sa personnalité. Car, en vérité, M. Muggleton était un simple détective privé, et le nuage qui assombrissait son front était dû au plus gros impair de sa carrière et n'était pas simplement le fait de son nom patronymique. De celui-ci, il aurait pu tirer quelque fierté, car il sortait d'une famille conformiste, pauvre mais honnête, qui revendiquait quelque parenté avec le fondateur des muggletoniens, seul homme assez courageux pour léguer un tel nom à la postérité.

Oui, il avait une cause plus légitime de contrariété – ce fut du moins lui qui l'expliqua : il venait d'être témoin de l'assassinat sanglant d'un millionnaire de réputation mondiale et n'avait pas réussi à l'empêcher, bien qu'il eût été justement engagé pour cela aux appointements de cinq livres par semaine... Nous pouvons ainsi comprendre pourquoi la romance langoureuse intitulée : *Ne veux-tu me donner un seul jour de bonheur ?* ne parvenait pas à le persuader que la vie était belle.

D'ailleurs, sur la plage, d'autres auraient pu être de cœur avec lui, en ce qui concernait le drame homicide et la tradition muggletonienne. Les plages à la mode sont les lieux d'élection non seulement des pierrots qui cherchent à faire vibrer la fibre sentimentale de l'être humain, mais aussi des prédicateurs qui se font souvent une spécialité de sermons menaçants et embrasés de toutes les flammes de l'enfer. L'un d'eux était un vieil énergumène que M. Muggleton remarqua presque malgré lui, si perçantes étaient ses vociférations – pour ne pas dire clameurs – prophétiques qui dominaient tous les banjos et toutes les castagnettes. C'était un long vieillard dégingandé qui traînait les pieds, affublé de quelque chose qui ressemblait à un jersey de pêcheur et bizarrement décoré de ces longs favoris pendants qui ont disparu avec une certaine catégorie de gandins du temps de la reine Victoria. Et ainsi que tout bateleur avait coutume d'exhiber un objet quelconque comme s'il le vendait, le vieillard exhibait un filet de pêche en mauvais état ; souvent il l'étalait sur la table avec pompe comme pour inviter des reines à fouler ce tapis. De temps en temps il le faisait tournoyer autour de sa tête d'un geste aussi terrifiant que celui d'un rétiaire romain prêt à empaler les gens sur un trident ; et il eût été bien capable d'empaler les gens s'il avait eu un trident. Dans ses sermons il n'était question que de châtiments, ce n'étaient que menaces adressées au corps ou à l'âme ; il était à peu près de la même humeur que M. Muggleton et on aurait pu le prendre pour un exécuteur des hautes œuvres un peu timbré, haranguant une foule d'assassins. Les gamins l'avaient surnommé le vieux Boutefeu ; mais il avait d'autres excentricités, à part celles d'ordre purement théologique. L'une d'elles consistait à grimper dans l'enchevêtrement de poutrelles de fer qui soutenaient la jetée et à promener son filet dans l'eau. Il déclarait que la pêche lui servait de gagne-pain, bien que jamais personne ne l'eût vu attraper un seul poisson. Les baigneurs qui flânaient, sans souci de l'au-delà, sursautaient en entendant tonner à leurs oreilles une voix qui les menaçait du Jugement dernier; elle semblait sortir des nuages, mais venait en réalité de l'armature de fer où le vieux fou était perché, les yeux flamboyants, ses favoris grotesques, flasques comme des algues grises.

Le détective cependant se serait beaucoup mieux accommodé du vieux Boutefeu que de l'autre ecclésiastique qu'il devait rencontrer. Pour expliquer cette seconde et plus importante rencontre, il convient de faire observer que Muggleton, après le meurtre qu'il avait vu commettre sous ses yeux, avait jeté cartes sur table. Il avait raconté son histoire à la police et au seul représentant accessible de Braham Bruce, le millionnaire défunt, c'est-à-dire son sémillant secrétaire M. Anthony Taylor.

L'inspecteur se montra plus compatissant que le secrétaire et sa compassion se manifesta par un avis que M. Muggleton ne s'attendait certes pas à entendre sortir de la bouche d'un policier. Après quelques instants de réflexion, l'inspecteur coupa le souffle à M. Muggleton en lui conseillant de consulter un compétent amateur qui séjournait dans cette ville. M. Muggleton avait lu des comptes rendus et des récits romancés sur le Grand Criminaliste qui, tapi dans sa bibliothèque comme une araignée douée d'intellect, tisse les fils théoriques d'une toile aussi grande que le monde. Le détective s'attendait donc à être conduit dans un château solitaire où il trouverait le savant vêtu d'une robe de chambre violette, à monter dans la mansarde où il se nourrissait d'opium et d'acrostiches, à pénétrer dans un vaste laboratoire ou une tour élevée en pleins champs. A son grand étonnement on le conduisit à l'extrémité de la plage, encombrée de baigneurs près de la jetée; là il aperçut un petit prêtre, replet, avec un grand chapeau et un sourire épanoui et qui, pour le moment, sautait à cloche-pied avec une troupe de gosses dépenaillés et brandissait une toute petite pelle de bois.

Quand le criminaliste, dont le nom semblait-il était Brown, se fut arraché aux enfants, sans toutefois lâcher sa pelle, la désillusion de M. Muggleton augmenta encore. Le prêtre badaudait devant les baraques ineptes de la plage, lançait au petit bonheur des phrases décousues, et était particulièrement attiré par les appareils automatiques, si fréquents en pareil lieu; d'un air solennel, il risquait penny par penny pour faire des parties de golf, de football, de cricket, par l'intermédiaire de figurines mécaniques; enfin il se contenta d'une course en miniature où une poupée de métal courait et bondissait derrière une autre. Cependant, en même temps, il prêtait une oreille attentive au récit que le détective frustré lui débitait. Mais cette manie qu'il avait de laisser ignorer à sa main droite ce que sa main gauche faisait de ses gros sous tapait sur les nerfs du détective.

— Ne pourrions-nous aller nous asseoir quelque part, proposa Muggleton avec impatience. J'ai une lettre qu'il faut que vous lisiez si vous voulez être au courant de l'affaire.

Le Père Brown quitta avec un soupir les poupées qui sautillaient et alla s'asseoir avec son compagnon sur un banc de fer de la plage. Son compagnon avait déjà déplié la lettre et la lui tendait en silence.

L'épître était cassante, singulière, pensa le Père Brown. Il savait que la courtoisie n'est pas toujours la spécialité des millionnaires, en particulier vis-à-vis des subalternes comme un détective, mais il y avait dans cette lettre quelque chose de plus qu'une simple brusquerie.

« M. Muggleton.

« Je n'aurais jamais cru que j'en arriverais à avoir besoin d'une aide de ce genre, mais je ne sais plus où donner de la tête. Depuis deux ans cela devient de plus en plus intolérable; il vous suffira sans doute de connaître les grandes lignes de l'histoire. Il s'agit d'un gredin qui, je l'avoue à ma honte, est mon cousin. Il a été successivement rabatteur d'hôtel, clochard, charlatan, cabotin, que sais-je encore. Il a même eu l'aplomb de prendre notre nom pour monter sur les planches et de se faire appeler Bertrand Bruce. Je crois qu'il a un méchant rôle dans un théâtre ici ou qu'il en cherche un. Mais croyez-m'en, ce n'est là qu'un simulacre. Son vrai travail c'est de me dépister, de se débarrasser de moi s'il le peut. C'est une vieille histoire qui ne regarde personne; jadis nous avons pris le départ ensemble et nous avons lutté à la course pour l'ambition et pour ce qu'on appelle l'amour. Est-ce ma faute s'il était un raté et si moi, j'étais de ceux qui réussissent? Mais le sacré bougre jure qu'il réussira encore, qu'il me brûlera la cervelle et s'enfuira avec mon... Mais qu'importe. C'est un fou, je suppose, mais il fera tout ce qu'il pourra pour devenir assassin.

« Je vous donnerai cinq livres par semaine si vous

me retrouvez dans le pavillon à l'extrémité de la jetée et si vous acceptez de me protéger. C'est le seul endroit sûr où nous puissions nous retrouver, en admettant que je sois encore en sûreté quelque part. »

J. Braham Bruce. »

— Mon dieu! murmura doucement le Père Brown, mon Dieu! c'est une lettre écrite à la hâte.

Muggleton opina du bonnet et, après un silence, commença son récit d'une voix cultivée qui formait un étrange contraste avec son physique ingrat. Le prêtre n'ignorait pas que maints prolétaires, maints petits-bourgeois dans la dèche ont la marotte d'un savoir qu'ils dissimulent avec soin. Il fut cependant surpris par le choix excellent des mots, un tantinet trop pédants; cet homme parlait comme un livre.

— Je suis arrivé à la petite rotonde à l'extrémité de la jetée sans que rien n'eût signalé la présence de mon distingué client. J'ouvris la porte et me glissai à l'intérieur. Je me disais qu'il me saurait gré de passer inaperçu comme il l'avait fait. Les précautions cependant ne s'imposaient guère, car la jetée est trop longue pour que quelqu'un nous ait vus de la plage ou de l'esplanade, et en consultant ma montre je me rendis compte que l'entrée de la jetée, à cette heure, devait être déjà close. C'était flatteur, en un sens, qu'il eût pris des mesures pour que nous fussions seuls au rendez-vous. Cela prouvait qu'il avait confiance en mon aide et en ma protection. En tout cas, c'est lui qui avait décidé que nous nous retrouverions sur la jetée après la fermeture et j'avais volontiers accédé à ses désirs. Dans le petit pavillon rond il y avait deux chaises; j'en pris une, j'attendis. Je n'eus pas à attendre longtemps, sa ponctualité était renommée, et lorsque je levai les yeux sur la petite fenêtre ronde en face de moi, je le vis passer lentement comme s'il commençait par faire le tour de la petite construction. Je ne le connaissais que par des portraits qui dataient déjà de loin ; certainement il avait beaucoup vieilli depuis, mais la ressemblance était frappante. Le profil qui passait devant la fenêtre était ce qu'on appelle un profil aquilin, parce qu'il rappelle le bec de l'aigle ; et l'homme faisait penser à un aigle gris et vénérable, un aigle au repos qui a depuis longtemps replié ses ailes. On ne pouvait se méprendre à cet air autoritaire, à cet orgueil silencieux que donne l'habitude du commandement aux hommes qui, comme lui, ont édifié de grandes organisations et ont toujours été obéis. Il était vêtu discrètement, autant que j'en pouvais juger par le peu que je voyais de lui et en cela il différait de la foule des baigneurs que je voyais toute la journée. J'eus l'idée que son pardessus avait cette coupe ultra-chic qui épouse les lignes du corps. Il était doublé du même astrakan qui garnissait les revers. Tout ceci, bien entendu, je l'aperçus d'un bref regard, car je m'étais déjà levé et me dirigeais vers la porte. J'avançai la main, et ce fut le premier coup de théâtre de cette terrible soirée. La porte ne s'ouvrit pas, quelqu'un m'avait enfermé à clé.

« Un moment, je restai frappé de stupeur, les yeux fixés sur la fenêtre ronde d'où, bien entendu, le profil s'était retiré, et soudain j'eus l'explication de tout. Un autre profil, pointu comme celui d'un chien de chasse, s'encadra dans la lucarne comme dans un miroir rond. Dès que je le vis, je compris qui c'était. C'était le Vengeur, l'assassin, ou le candidat assassin, qui avait suivi le vieux richard sur terre et sur mer et maintenant le dépistait dans le cul-de-sac d'une jetée suspendue entre terre et mer. Et sans aucun doute, c'était l'assassin qui m'avait enfermé à double tour.

« L'homme que j'avais vu le premier était grand, mais celui qui le poursuivait semblait plus grand encore, bien qu'il eût la tête enfoncée dans les épaules et le cou et le visage penchés en avant comme un oiseau de proie. Cette attitude lui donnait l'aspect d'un bossu géant. Mais la parenté qui unissait le chenapan à l'homme d'affaires connu du monde entier se révélait dans les deux profils qui s'étaient succédé devant le cercle de verre. Le second avait aussi un bec de rapace, mais son avachissement, sa tenue négligée évoquaient le vautour plutôt que l'aigle. Il avait le menton hirsute d'un homme qui ne s'est pas rasé depuis des jours; un grossier cache-nez de laine enroulé autour de son cou contribuait à le rendre bossu. Ces détails insignifiants ne peuvent donner une idée de l'affreuse énergie de ce contour ou de l'aveugle vengeance que symbolisait la silhouette voûtée qui s'avançait à grands pas. Avez-vous vu le dessin de William Blake, quelquefois appelé avec une déplorable légèreté « Fantôme d'une puce », mais nommé aussi avec plus de lucidité « Apparition du crime sanglant », ou quelque chose de ce genre? C'est aussi un géant de cauchemar, furtif, les épaules hautes, chargé d'un couteau et d'une cuvette. L'homme que je voyais avait les mains vides. Mais lorsqu'il passa devant la fenêtre pour la seconde fois, je le vis de mes propres yeux détacher un revolver des plis de son cache-nez et étreindre l'arme, le doigt sur la détente. Ses yeux remuèrent dans leurs orbites et étincelèrent à vous donner la chair de poule ; ils bondissaient en avant, lançaient des éclairs et revenaient en arrière, comme s'il pouvait les projeter ainsi que des cornes lumineuses, à la manière de certains mollusques.

« Trois fois, la proie et le chasseur passèrent successivement devant la fenêtre, contournant l'étroite rotonde. Enfin, je sortis de ma torpeur et je me trouvai prêt à agir avec l'énergie du désespoir. Je secouai follement la porte ; quand je revis le visage de la victime inconsciente, je frappai à coups redoublés à la fenêtre, j'essayai même de briser le carreau, mais c'était une vitre double en verre d'une exceptionnelle épaisseur – et l'embrasure était si profonde que je doutais de pouvoir atteindre la deuxième vitre. En tout cas, mon client ne remarqua ni mon vacarme ni mes signaux et la pantomime de ces deux ombres qui portaient le masque du destin continua à tourner autour de moi. Je me sentis pris de vertige et de nausée. Soudain la ronde tragique cessa. J'attendis et je compris qu'ils ne reparaîtraient plus, que l'heure fatidique avait sonné.

« Je n'ai pas besoin de vous en dire davantage, vous pouvez imaginer le reste comme dans mon impuissance j'essayai de l'imaginer ou peut-être, au contraire, d'en détourner mes pensées. Il me suffira de dire que, dans le silence terrifiant, lorsque le bruit des pas se fut éteint, seuls deux sons se mêlèrent au grondement sourd de la mer ; le bruit retentissant d'une détonation, le bruit sourd d'un corps qui tombe à l'eau.

« Mon client avait été assassiné à quelques mètres de moi, sans que j'aie pu faire un geste. Je ne vous ennuierai pas en vous décrivant mon état d'âme, mais si je pouvais me consoler de l'assassinat, je me trouverais toujours en face du mystère.

— Vraiment ? dit le Père Brown, avec une grande douceur. Quel mystère ?

— Le mystère de la disparition de l'assassin, répondit l'autre. Dès que les gens furent admis sur la jetée, le lendemain matin, je fus libéré de ma prison, et je courus à toutes jambes à l'entrée pour demander au gardien si quelqu'un était sorti depuis l'ouverture des portes. Sans vous importuner de détails inutiles, je peux vous expliquer que ce sont des portes de fer très hautes, comme on en voit rarement, pleines du haut en bas et impossibles à escalader.

« Les gardiens n'avaient vu personne répondant au signalement de l'assassin et c'était un type facile à reconnaître. Même si de quelque manière il était arrivé à se déguiser, il n'aurait pu dissimuler sa taille gigantesque ou se débarrasser de son nez. Il est très peu probable qu'il ait tenté de gagner le rivage à la nage car la mer était démontée. On n'a d'ailleurs retrouvé aucune trace de son arrivée à terre et moi qui ai vu le visage de ce suppôt de Satan, non pas une fois seulement, mais six, j'ai la ferme conviction qu'il n'est pas allé se noyer à l'heure de la victoire.

— Je comprends très bien ce que vous voulez dire, répliqua le Père Brown. De plus, cela ne cadrerait pas avec le ton de ses menaces, on voit qu'il se promettait de s'en donner à cœur joie après le crime. Un détail serait peut-être utile à vérifier. Avez-vous pensé à l'armature au-dessous de la jetée ? Les ouvrages de ce genre sont souvent formés de tout un réseau de piliers de fer, et un homme pourrait sauter de l'un à l'autre comme un singe qui saute d'arbre en arbre dans une forêt.

— J'y ai pensé, répondit le détective privé. Par

malheur cette jetée a été bizarrement construite, elle est d'une longueur peu commune. Il y a bien des piliers de fer dans un enchevêtrement de poutrelles mais celles-ci sont très éloignées, et je ne vois pas comment un homme pourrait sauter de l'une à l'autre.

– Si je vous dis cela, reprit pensivement le Père Brown, c'est que cet original à longs favoris, le vieux qui prêche sur le sable, grimpe souvent sur la plus proche poutrelle. Il s'y juche pour pêcher à marée montante et je n'ai jamais vu plus étrange pêcheur.

– Que voulez-vous dire?

– Eh bien! dit lentement le Père Brown jouant avec un bouton et les yeux fixés sur les vertes étendues de la mer où s'attardaient les derniers reflets du soleil couchant; eh bien... j'ai essayé de lui parler amicalement et sans trop rire. Je lui ai dit qu'il cumulait deux métiers fort anciens : la pêche et la prédication; j'ai même fait une citation qui s'imposait; le passage de l'Écriture où il est question de pêcher des âmes vivantes, et il a repris d'une voix bizarre et dure en retournant d'un bond sur son perchoir de fer : « Eh bien, moi, du moins, je pêche des corps morts. »

– Grand Dieu! s'écria le détective ébaubi.

– Oui, dit le prêtre, c'était une remarque singulière à faire en bavardant avec un inconnu qui jouait avec des enfants sur la plage.

Après un autre silence, son compagnon s'exclama :

– Vous ne voulez pas dire qu'il a participé au crime?

– Je crois qu'il pourrait jeter quelque lumière dessus, répondit le Père Brown.

– Ça me dépasse, dit le détective. Je ne vois

pas comment quelqu'un pourrait jeter quelque lumière là-dessus. C'est un tourbillon d'eaux tumultueuses dans une nuit noire; des eaux pareilles à celles où il est tombé. C'est de la folie pure : une espèce de géant qui s'évapore comme une bulle de savon. Personne ne pourrait... Dites-moi !

Il s'interrompit, les yeux braqués sur le prêtre qui n'avait pas bougé et continuait à jouer avec son bouton en contemplant les vagues.

— Que voulez-vous dire ? Que regardez-vous ainsi ? Vous n'allez pas me dire que cette histoire abracadabrante a pour vous quelque sens ?

— Il vaudrait bien mieux qu'elle reste du domaine de l'absurde, dit le Père Brown à voix basse. Eh bien, si vous tenez à le savoir, je crois que j'entrevois la vérité.

Il y eut un long silence. Puis l'agent d'enquête s'écria avec une étrange précipitation :

— Ah ! voici le secrétaire de M. Bruce qui sort de l'hôtel. Je me sauve, je vais interroger votre pêcheur fou.

— *Post hoc propter hoc?* demanda le prêtre avec un sourire.

— Eh bien, répondit franchement l'autre non sans quelque nervosité, le secrétaire n'a aucune sympathie pour moi et sa tête ne me revient pas. Il fourre son nez partout et pose des tas de questions qui n'avancent à rien et pourraient bien finir par une altercation. Peut-être est-il jaloux que son patron ait eu recours à un autre au lieu de se contenter des conseils de son élégant secrétaire. A tout à l'heure.

Il fit demi-tour et se fraya, non sans peine, un chemin dans le sable. Il se dirigea vers l'endroit où le prédicateur excentrique s'était déjà perché dans son nid marin. Dans un demi-jour verdâtre, il ressemblait à un polype géant ou à une méduse venimeuse agitant ses tentacules dans la mer phosphorescente.

Pendant ce temps le prêtre contemplait avec sérénité le secrétaire qui s'approchait sereinement. De loin il tranchait sur la foule un peu vulgaire par l'élégance de son chapeau haut et de sa jaquette. Sans être le moins du monde disposé à prendre parti pour le secrétaire ou pour le détective, au cas où ils en viendraient aux mains, le Père Brown approuvait vaguement, contre toute raison, les préjugés du second. M. Anthony Taylor était fort remarquable, tant par sa physionomie que par son costume. Son visage était résolu et intellectuel aussi bien que beau. Il était pâle et ses cheveux bruns poussaient très bas sur ses tempes comme pour suggérer la possibilité de favoris. Quant à ses lèvres, on n'en voit pas souvent d'aussi pincées. La seule explication qui vint à l'esprit du Père Brown, toute saugrenue qu'elle fût, paraissait naturelle. Il avait l'impression que le jeune homme parlait avec ses narines. En tout cas, la contraction de cette bouche hermétiquement close accusait ce que le frémissement des ailes du nez avait d'ultra-sensible et d'ultra-mobile ; il avait l'air de communiquer avec ses semblables et de se diriger dans la vie en reniflant et en flairant, la tête levée, comme le font les chiens. L'illusion n'était pas détruite quand il parlait. Son débit saccadé et crépitant rappelait le tac tac d'une mitrailleuse et s'accordait mal avec son apparence mielleuse et distinguée.

Contrairement à ses habitudes, il entama la conversation et déclara :

– La mer n'a pas rejeté de corps sur le rivage, j'imagine.

— Je ne l'ai pas entendu annoncer, dit le Père Brown.
— Pas même le corps gigantesque de l'assassin au cache-nez, continua M. Taylor...
— Non, répondit le Père Brown.

La bouche de M. Taylor resta immobile mais ses narines parlèrent pour lui et elles exprimèrent un mépris si vif et si vibrant qu'on aurait pu leur reprocher d'être trop bavardes.

Lorsque, après quelques remarques banales du prêtre, il reprit la parole, ce fut pour déclarer d'un ton bref :

— Voici l'inspecteur. Je suppose que la police a battu toute l'Angleterre pour retrouver le cache-nez.

L'inspecteur Grinstead, teint hâlé et barbiche poivre et sel, s'adressa au Père Brown avec plus de respect que le secrétaire n'en avait témoigné.

— J'ai pensé que vous seriez content d'avoir des nouvelles, dit-il. Eh bien! on n'a retrouvé aucune trace de l'homme qui nous a été signalé pour avoir quitté la jetée.

— Ou plutôt qui n'a pas été signalé pour avoir quitté la jetée, riposta Taylor. Les gardiens qui, seuls, auraient pu le voir, n'ont signalé personne.

— Nous avons téléphoné dans toutes les gares, continua l'inspecteur. Toutes les routes sont surveillées, il lui sera pour ainsi dire impossible de quitter l'Angleterre. Je ne crois pas qu'il ait pu s'échapper de ce côté, on ne l'a vu nulle part.

— Il n'a jamais été nulle part, dit brusquement le secrétaire d'une voix discordante qui, sur la plage solitaire, crépita comme une décharge de mitrailleuse.

L'inspecteur resta ahuri mais une lueur éclaira le visage du prêtre qui dit, en affichant une indifférence presque exagérée :

— Selon vous, cet homme est un mythe? ou un mensonge?

— Ah! dit le secrétaire en aspirant l'air de ses narines arrogantes; cette idée vous vient enfin!

— Elle m'est venue tout de suite, dit le Père Brown. C'est la première idée qui pouvait venir à l'esprit de quiconque à cette histoire si imprévue, racontée par un homme que nul ne connaît, à propos d'un étrange assassin sur une jetée déserte. N'y allons pas par quatre chemins : vous pensez que le petit Muggleton n'a jamais entendu personne assassiner le millionnaire; peut-être même croyez-vous que le petit Muggleton est l'assassin.

— Muggleton est un individu qui ne me dit rien qui vaille, répondit le secrétaire. Le drame de la jetée n'a pas eu d'autres témoins que lui et son histoire repose sur un géant disparu comme par enchantement. C'est un vrai conte de fées. Et l'histoire telle qu'il la raconte n'est guère à son honneur. Il convient qu'il a raté l'affaire; de son propre aveu, c'est le dernier des imbéciles et un fruit sec.

— Oui, dit le Père Brown, j'aime assez les gens qui de leur propre aveu sont des imbéciles et des fruits secs.

— Je ne sais pas où vous voulez en venir, cria l'autre d'un ton sec.

— Peut-être est-ce parce que tant de gens sont des imbéciles et des fruits secs et se gardent bien de l'avouer, expliqua pensivement le Père Brown.

Et après un silence, il reprit :

— Qu'il soit un imbécile ou un fruit sec ne prouve pas qu'il est un menteur et un assassin, mais vous oubliez qu'une preuve existe et qu'elle confirme sa déposition. C'est la lettre où le millionnaire parle du cousin et de sa vendetta. Si vous ne pouvez prouver que ce document est un faux, vous êtes obligé d'admettre qu'il y a des chances pour que Bruce ait été poursuivi par quelqu'un et que ce quelqu'un ait eu un véritable motif pour le tuer. Je devrais dire plutôt le seul motif vraiment reconnu et enregistré.

— Je ne saisis pas très bien, dit l'inspecteur, quel est ce motif ?

— Mon cher ami, dit le Père Brown, pour la première fois poussé à la familiarité par l'impatience, tout le monde a ce motif-là. Vu la façon dont Bruce s'est enrichi, vu la façon dont la plupart des millionnaires se remplissent les poches, c'est la chose la plus naturelle du monde que le premier venu l'ait jeté à la mer. Ce geste presque machinal eût pu être exécuté par tout le monde à un moment ou à un autre ; ce geste, M. Taylor aurait pu le faire.

— Quoi ! cria M. Taylor. Et ses narines se gonflèrent à vue d'œil.

— J'aurais pu le faire, continua le Père Brown. *Nisi me constringeret ecclesiae auctoritas.* N'importe qui, si l'on fait abstraction de scrupules moraux, aurait pu tenter d'accepter une solution sociale si naturelle et si simple ; moi, vous, le maire ou le marchand d'oublies. Le seul être sur terre qui, selon toute vraisemblance, n'a pas commis le crime, c'est le détective privé, que Bruce venait d'engager à cinq livres par semaine et qui n'avait pas encore touché un sou.

Le secrétaire resta silencieux quelques minutes, puis il renifla et grogna :

— Si vous parlez de l'offre faite par M. Bruce, il faut vérifier si la lettre n'est pas un faux, car nous ne savons pas si toute l'histoire n'est pas un faux. Muggleton admet lui-même que la disparition du géant bossu est complètement incroyable et inexplicable.

— Oui, dit le Père Brown, c'est ce qui me plaît chez Muggleton; il admet les choses.

— Tout de même, insista Taylor, ses narines palpitantes d'émotion; tout de même, le fin mot de l'affaire c'est qu'il ne peut prouver que son géant à cache-nez existe ou a jamais existé. Non, Père Brown, vous n'avez qu'un moyen de disculper ce propre à rien qui vous inspire tant de sympathie, c'est de retrouver son homme imaginaire et c'est exactement ce que vous ne pouvez faire.

— A propos, dit distraitement le prêtre, vous venez sans doute de l'hôtel où Bruce avait un appartement, M. Taylor ?

Taylor demeura interloqué, si interloqué qu'il balbutia :

— Oui. Il avait toujours cet appartement qui lui appartient pour ainsi dire. Je ne l'ai pas vu cette fois.

— L'avez-vous accompagné ici dans son auto, observa le Père Brown, ou êtes-vous arrivés tous les deux par le train ?

— Je suis venu par le train et j'ai apporté les bagages, dit le secrétaire avec impatience. Quelque chose l'a retenu, je suppose; je ne l'ai pas vu depuis qu'il a quitté le Yorkshire tout seul, il y a 8 ou 15 jours.

— Il semble donc, dit doucement le prêtre, que si Muggleton n'a pas été le dernier à voir Bruce près d'une mer déserte, vous avez été le dernier à le voir sur les landes non moins désertes du Yorkshire ?

Taylor devint blanc comme un linge, mais il fit un effort et sa voix discordante resta calme.

— Je n'ai jamais dit que Muggleton n'avait pas vu Bruce sur la jetée.

— Et pourquoi ne l'avez-vous pas dit ? demanda le Père Brown. S'il a inventé un homme sur la jetée, pourquoi n'aurait-il pas inventé deux hommes sur la jetée ? Bien sûr nous savons que Bruce existait en chair et en os ; mais nous ne savons pas ce qu'il a fait depuis plusieurs semaines. Peut-être l'a-t-on laissé dans le Yorkshire ?

De sa voix stridente le secrétaire poussa un cri, son vernis de mielleuse politesse mondaine craquait de toute part.

— Ce sont des équivoques, des faux-fuyants. Avec vos insinuations absurdes vous essayez de jeter les soupçons sur moi, simplement parce que vous ne pouvez pas répondre à ma question.

— Voyons ! dit le Père Brown comme si un souvenir revenait brusquement à son esprit. Quelle était cette question ?

— Vous le savez aussi bien que moi et elle vous a cloué le bec. Où est l'homme au cache-nez ? Qui l'a vu ? Qui a entendu parler de lui ? Qui l'a décrit, à part votre sacré petit menteur ? Si vous voulez nous convaincre, montrez-le, s'il a jamais existé. Il se cache peut-être aux îles Hébrides ou il est en route pour Callao. Mais il faut que vous le montriez, quoique je sache qu'il n'existe pas. Où est-il ?

— Je crois qu'il est là-bas, dit le Père Brown, et il scruta l'espace en clignant des yeux du côté des vagues qui battaient les piliers de fer de la jetée.

Là, les deux silhouettes du détective et du vieux pêcheur prédicateur se détachaient en noir sur l'éclat verdâtre de l'eau.

« Dans cette espèce de filet qu'il ballotte sur la mer. »

Malgré son ahurissement, l'inspecteur Grinstead prit en main la situation et descendit en courant la plage.

— Est-ce à dire, cria-t-il, que le corps de l'assassin est dans le filet du vieux bonhomme ?

Le Père Brown hocha la tête et dégringola derrière lui la pente couverte de galets. A ce moment même le petit Muggleton, l'agent d'enquête, fit demi-tour et se mit en devoir de gravir le rivage ; sa silhouette sombre, par sa seule pantomime, annonçait une stupéfiante découverte.

— C'est vrai, tout ce que nous avons dit, cria-t-il d'une voix entrecoupée. L'assassin a bien essayé de gagner le rivage à la nage et bien entendu, avec cette tempête, il s'est noyé, ou bien c'est un suicide. En tout cas son corps est venu s'échouer dans le filet du vieux Boutefeu ; c'est ce que ce vieux fou voulait dire quand il déclarait qu'il pêchait des hommes morts.

L'inspecteur descendit avec tant d'agilité qu'il les devança tous et on l'entendit crier des ordres. Quelques minutes plus tard les pêcheurs et quelques promeneurs, aidés par un policier, avaient hissé le filet sur le rivage et l'étalaient avec son fardeau sur le sable mouillé encore teinté d'écarlate par le soleil couchant. Le secrétaire regarda ce qui gisait sur le sable et les paroles moururent ses lèvres. Car ce qui gisait sur le sable c'était bel et bien le corps du géant en haillons avec de larges épaules remontées, un visage osseux au nez d'aigle et une grande écharpe ou cache-nez en laine rouge qui brillait comme une tache de sang. Mais Taylor n'avait d'yeux pour l'écharpe ensanglantée ou le corps herculéen ; il contemplait le visage et, sur son visage à lui, l'incrédulité luttait avec le soupçon.

L'inspecteur se tourna aussitôt vers Muggleton avec plus de politesse qu'il ne lui en avait accordée jusque-là.

– Voilà qui confirme votre déposition, dit-il. Et son ton révéla pour la première fois à Muggleton que presque tout le monde s'était refusé à croire son récit. Personne ne l'avait cru, personne sauf le Père Brown. Aussi en voyant le Père Brown qui s'éloignait à la dérobée, il fit un mouvement pour le suivre, mais il s'arrêta net; le prêtre s'était de nouveau laissé prendre au charme magique du petit appareil automatique. Le respectable ecclésiastique fouillait ses poches à la recherche d'une pièce de monnaie. Il s'immobilisa cependant, le penny entre le pouce et l'index, car le secrétaire pour la dernière fois faisait entendre sa voix sonore et discordante.

– Je suppose que les accusations idiotes et monstrueuses lancées contre moi s'écroulent, dit-il.

– Mon cher monsieur, protesta le prêtre, je n'ai jamais porté d'accusation contre vous. Je ne suis pas assez bête pour croire que vous aviez assassiné votre maître dans le Yorkshire et puis que vous étiez venu perdre votre temps ici avec ses bagages. J'ai simplement dit que l'accusation que je pourrais établir contre vous serait plus convaincante que celle que vous portiez avec tant de vigueur contre le pauvre M. Muggleton. Tout de même, si vous voulez vraiment connaître la vérité – et je vous assure que vous en êtes encore très loin – je peux vous mettre sur la voie. Il est vraiment bizarre et significatif que M. Bruce, le millionnaire, n'ait pas reparu dans les lieux qu'il fréquentait et qu'il ait manqué à ses plus chères habitudes, des semaines avant d'être réellement tué. Comme vous semblez avoir l'étoffe d'un détective, je livre ce sujet à vos méditations.

— Qu'est-ce à dire? demanda Taylor d'une voix cassante.

Mais il n'obtint pas de réponse du Père Brown qui de nouveau ne pensait plus qu'à secouer la manivelle de l'appareil et à mettre en mouvement les deux patins qui se poursuivaient.

— Père Brown, dit Muggleton repris d'un accès d'agacement, voulez-vous me dire pourquoi vous aimez tant ce jeu stupide?

— Pour une seule raison, répondit le prêtre penché sur le théâtre des marionnettes, parce qu'il contient le secret de cette tragédie.

Puis il se redressa et regarda gravement son compagnon.

— Je savais, depuis le début, que vous disiez à la fois la vérité et le contraire de la vérité, affirma-t-il.

En entendant ces phrases énigmatiques, Muggleton ne put qu'écarquiller les yeux.

— C'est très simple, ajouta le prêtre en baissant la voix. Ce cadavre au cache-nez écarlate est le cadavre de Braham Bruce, le millionnaire, on n'en trouvera pas d'autre.

— Mais les deux hommes..., commença Muggleton.

Puis il resta bouche bée.

— Votre description des deux hommes était palpitante, dit le Père Brown, je ne risque pas de l'oublier. Permettez-moi de vous le dire, vous avez un vrai talent littéraire, et peut-être auriez-vous plus d'avenir dans le journalisme que dans la criminologie. Je revois chaque détail de chacun des héros du drame. Mais chose bizarre, chaque détail qui vous a frappé a produit sur moi l'effet contraire. Commençons par le premier qui vous a sauté aux yeux. Le premier homme que vous avez vu, à vous en croire, avait un air indescriptible d'autorité et de dignité et vous avez conclu : « Voici le magnat des trusts, le roi des commerçants, le Dieu de la Bourse. » Et moi, quand vous m'avez parlé de cet air de dignité et d'autorité, je me suis dit : « Ça c'est un acteur, tout en lui trahit l'acteur. » Cet air-là n'est pas l'apanage du directeur de la Société des magasins à prix unique. On le prend pour représenter le fantôme du père d'Hamlet ou Jules César, ou le roi Lear et on ne le perd jamais complètement. Vous n'avez pas vu suffisamment ses vêtements pour vous rendre compte qu'ils étaient râpés. Vous avez aperçu une bande de fourrure, un pardessus de coupe chic, et j'ai pensé de nouveau : « L'acteur. » Et avant d'aborder le signalement du deuxième personnage, remarquons en lui une particularité qui manquait au premier. Vous dites que le second était non seulement loqueteux, mais encore si négligé qu'il avait une barbe de plusieurs jours. Or, nous avons tous vu des acteurs miséreux, des acteurs crasseux, des acteurs pochards, des acteurs tombés dans la débine, mais un acteur au menton hirsute alors qu'il joue ou cherche un engagement, ça ne s'est jamais vu sur terre. Au contraire, l'usage du rasoir est souvent la première chose à laquelle renonce un homme du monde ou un riche original qui se laisse aller. Nous avons toutes raisons de croire que votre ami le millionnaire avait perdu la tête. Sa lettre était la lettre d'un homme qui ne sait à quel saint se vouer, et ce n'est pas la simple incurie qui lui donnait l'air d'un gueux. Ne comprenez-vous pas que cet homme vivait dans une cachette, c'est pour cela qu'il n'a paru à son hôtel et que son secrétaire ne l'avait pas vu depuis des semaines. Il était millionnaire, mais son dessein était d'être déguisé et méconnaissable. Avez-vou lu : *La Femme en blanc*? Vous rappelez-vous que l'élégant et fastueux comte Fosco, condamné à mort par une société secrète et cherchant son salut dans la fuite, fut retrouvé un poignard au cœur, vêtu d'une cotte bleue d'ouvrier français? Réfléchissons un moment à l'attitude de ces hommes. Le premier était calme et de sang-froid et vous vous êtes dit : « Voici l'innocente victime », bien que la lettre de l'innocente victime ne fût ni calme ni de sang-froid; et moi, je me suis dit : « C'est l'assassin ». Pourquoi n'aurait-il pas été maître de lui? Sa résolution était prise depuis belle lurette; s'il avait éprouvé une hésitation ou un remords, il l'avait étouffé longtemps avant d'arriver sur les lieux du crime, nous pourrions dire sur les planches. Le trac? il l'ignorait. Il ne brandit pas son revolver, pourquoi l'aurait-il fait? Il le garda dans sa poche jusqu'au moment où il en eut besoin; sans doute même, il tira sans sortir l'arme de sa poche. L'autre tripotait son revolver, parce qu'il était comme un chat sur braise, et que, probablement, il n'avait jamais eu encore un revolver dans la main. Pour la même raison il roulait ses yeux dans ses orbites; sans y ajouter grande importance, vous avez affirmé que ses prunelles étaient révulsées. En réalité il regardait derrière lui. En réalité il était non le chasseur, mais la proie. Et parce que le hasard vous a présenté la proie la première vous avez été persuadé que le second le poursuivait. Mathématiquement et mécaniquement, chacun d'eux court après son compagnon tout comme les autres.

— Quels autres ? interrogea le détective abasourdi.

— Eh bien, ceux-ci ! cria le Père Brown, en frappant l'appareil automatique avec la petite pelle qu'il avait incongrûment gardée à la main tout en éclaircissant ce sanglant mystère. Ces pantins mécaniques qui éternellement courent l'un après l'autre, appelons-les : M. Bleu et M. Rouge, d'après la couleur de leur tunique ; le hasard a voulu que M. Bleu paraisse le premier et les enfants ont crié que M. Rouge le poursuivait ; c'eût été exactement le contraire si le hasard nous avait présenté d'abord M. Rouge.

— Oui, je commence à comprendre, dit Muggleton, et je suppose que tout le reste s'explique aisément. La ressemblance familiale, bien entendu, les rendait semblables l'un à l'autre et on n'a jamais vu l'assassin quitter la jetée.

— On n'a pas cherché l'assassin, dit l'autre. Personne n'a parlé aux gardiens d'un homme paisible et glabre en manteau d'astrakan. Tout le mystère de sa disparition a pour pivot votre description d'un géant au cache-nez rouge. La simple vérité est que l'acteur en manteau d'astrakan a assassiné le millionnaire en loques rouges et voici le corps du pauvre diable. C'est tout comme les poupées rouge et bleue ; à cause du premier que vous avez vu, vous avez deviné de travers et confondu celui qui voyait rouge avec celui qui avait une peur bleue.

Deux ou trois moutards s'éparpillaient sur le sable et le prêtre les appela en brandissant la pelle de bois et en tapant sur l'appareil automatique d'un geste théâtral. Muggleton comprit qu'il voulait les empêcher de s'approcher de la masse horrible étalée sur la grève.

— Dépensons encore un penny, dit le Père Brown, puis nous irons prendre le thé. Savez-vous, Doris, j'aime ces joujoux qui tournent l'un derrière l'autre comme dans la Ronde du Mûrier. Après tout, à toutes les planètes et à toutes les étoiles, Dieu a fait jouer la Ronde du Mûrier. Ces autres jeux où l'un attrape l'autre, où les couleurs sont des rivaux prenant leur départ ensemble et cherchant à se distancer, cela finit toujours mal. J'aime à me représenter M. Rouge et M. Bleu sautant toujours avec le même entrain, ils sont libres et égaux et ne se font jamais le moindre mal.

« Tendre amoureux, jamais, jamais ta bien-aimée

« Tu ne briseras ou tueras. »

Heureux, heureux, M. Rouge!

« Il ne pourra changer ni toi goûter la joie.

« Tu sauteras toujours, il sera toujours bleu. »

Après avoir cité ce passage de Keats, non sans quelque émotion, le Père Brown fourra la pelle sous son bras et empoignant deux des enfants par la main, d'un pas majestueux, il remonta la plage vers le thé qui fumait dans les tasses.

LE CRIME DU COMMUNISTE

Trois hommes sortaient de la voûte Tudor très basse qui s'ouvre dans la façade, patinée par le temps, de Mandeville College. Ils se trouvèrent dans l'éclatante lumière d'un soir d'été qui semblait ne pas vouloir finir; dans cette clarté ils aperçurent un spectacle qui fut pour eux un coup de foudre et qui ne devait jamais s'effacer de leur souvenir.

Avant même d'avoir pressenti la catastrophe, ils furent frappés par un contraste. Pour eux, calmes et un peu singuliers, ils étaient en harmonie avec le cadre où ils se mouvaient. Les arcades Tudor qui encadraient les jardins avaient été construites quatre siècles plus tôt, au moment où le gothique tombait du ciel et se penchait, et même s'aplatissait sur les sanctuaires les plus intimes de l'humanisme et de la Renaissance; les trois hommes portaient des vêtements modernes dont la laideur aurait ébahi n'importe lequel des quatre siècles : cependant la magie du lieu les mettait à l'unisson. Les jardins étaient entretenus avec tant de soin qu'ils avaient cet air négligé qui est le triomphe de l'art; la beauté des fleurs elles-mêmes semblait due au hasard, comme si elles s'épanouissaient sur d'élégantes herbes folles; et les costumes modernes étaient assez débraillés pour être pittoresques. Le premier de ces trois hommes, chauve barbu et grand comme un échalas, silhouette familière dans la cour du bâtiment universitaire, était en robe et en toque; la robe glissait d'une de ses épaules tombantes. Le deuxième, carré, court, trapu, un sourire jovial aux lèvres, avait un veston banal et tenait sa robe sur son bras. Le troisième, plus petit encore, arborait une soutane noire usée jusqu'à la corde. Mais tous trois étaient assortis à Mandeville College, à l'indescriptible atmosphère des deux anciennes Universités anglaises. Ils s'y adaptaient jusqu'à s'y confondre, ce qui est le comble de l'adaptation.

Les deux hommes, assis sur des sièges de jardin, près d'une petite table, mettaient une sorte de tache brillante dans le paysage vert et gris.

Bien qu'ils fussent vêtus de noir, ils étincelaient pourtant de la tête aux pieds depuis leurs chapeaux satinés jusqu'à leurs souliers miroitants. Tant d'élégance faisait vaguement scandale au milieu du laisser-aller de bon ton de Mandeville College. Ces deux hommes avaient pour seule excuse d'être des étrangers. Un d'eux, un millionnaire américain nommé Hake, montrait cette recherche méticuleuse et ce luxe sans mauvais goût dont seuls ont le secret les Crésus de New York. L'autre, qui ajoutait à tout le reste l'énormité d'une pelisse d'astrakan, pour ne rien dire d'une paire de favoris florissants, était un comte allemand d'une fortune extravagante, pourvu de plusieurs noms dont le plus bref était von Zimmern.

S'il y a un mystère dans cette histoire, ce n'est pas leur présence. Ils étaient là pour la raison qui réunit souvent les gens les plus disparates. Ils avaient l'intention de faire un don d'argent au collège. Ils étaient venus mettre à exécution un projet conçu par plusieurs gros bonnets de l'industrie et de la finance. Il s'agissait de fonder une nouvelle chaire d'Économie politique à Mandeville College. Ils avaient déjà visité le bâtiment universitaire avec cet infatigable zèle touristique qui, entre tous les fils d'Eve, caractérise les Américains et les Allemands; et maintenant ils se reposaient de leur fatigue en contemplant les jardins. Rien d'anormal à cela.

Les trois autres hommes qui les connaissaient déjà passèrent avec un vague salut; mais l'un d'eux s'arrêta, le plus petit des trois, celui qui portait soutane.

— Dites donc, s'écria-t-il, l'aspect de ces deux hommes ne me plaît guère.

— Grand Dieu! à qui plairait-il? riposta le plus grand qui n'était rien moins que le directeur de Mandeville. Nos millionnaires à nous ne se promènent pas tirés à quatre épingles comme des mannequins de tailleur.

— C'est bien ça, grommela le petit prêtre entre ses dents, comme des mannequins de tailleur.

— Que voulez-vous dire? demanda l'homme en veston d'un ton cassant.

— Je veux dire qu'ils ressemblent à d'horribles

figures de cire, répondit le prêtre d'une voix faible. Pourquoi ne bougent-ils pas?

Se départant brusquement de sa réserve distraite, il traversa le jardin comme une flèche et toucha le coude du baron allemand. Le baron allemand s'effondra avec sa chaise, les jambes en l'air, et ses jambes dans le pantalon noir étaient aussi rigides que les pieds de la chaise.

M. Gideon P. Hake continua à fixer des yeux vitreux sur le jardin, on eût dit des yeux de verre tels qu'en ont les figures de cire. Il donnait la chair de poule, et le soleil éclatant, les fleurs multicolores accentuaient sa ressemblance avec un pantin tout raide dans ses vêtements de parade, une marionnette sur un théâtre italien. Le petit homme en soutane, qui était un prêtre nommé Brown, posa la main sur l'épaule du millionnaire, et le millionnaire dégringola de guingois, horrible et tout d'une pièce comme une statue sculptée dans le bois.

– La rigidité cadavérique, dit le Père Brown. Si tôt! Mais elle varie beaucoup.

Afin de comprendre pour quelle raison les trois premiers hommes rejoignaient les deux autres si tard – pour ne pas dire trop tard – il nous faut expliquer ce qui s'était passé à l'intérieur, derrière les arcades Tudor, quelques instants auparavant. Ils avaient tous dîné au réfectoire, à la table d'honneur, mais les deux philanthropes étrangers, esclaves de leur devoir de touristes, étaient retournés à la chapelle où un cloître et un escalier restaient à examiner; ils avaient promis à leurs compagnons de les rejoindre au jardin pour un examen aussi attentif des cigares universitaires. Les autres, avec un respect plus légitime, allèrent s'asseoir autour de la table de chêne longue et étroite qui, autant qu'on en peut juger, depuis la fondation du collège par Sir John Mandeville aux époques médiévales, voit le vin du dessert circuler et délier la langue des conteurs.

Le directeur à barbe blonde et au front chauve s'installa au haut bout, l'homme trapu en veston carré s'assit à gauche, car c'était l'économe, autrement dit l'homme d'affaires du collège. Près de lui se trouvait un individu étrange avec un visage de travers; les houppettes noires de sa moustache et de ses sourcils obliquant en sens contraire faisaient une sorte de zigzag, comme si la moitié de son visage était crispée ou paralysée. Son nom était Byles; il était maître de conférences d'histoire romaine, et ses opinions politiques s'appuyaient sur celles de Coriolan, pour ne pas parler de Tarquin le Superbe. Son torisme acerbe, la fureur réactionnaire que lui inspiraient les problèmes actuels n'étaient pas rares parmi les plus vieux jeux des professeurs. Mais chez Byles ils semblaient être le résultat plutôt que la cause de son aigreur. Plus d'un observateur perspicace avait eu l'impression que quelque chose clochait, et qu'un secret ou un malheur remplissait d'amertume le cœur de Byles comme si son visage à demi desséché avait été foudroyé, à l'instar d'un arbre frappé par le tonnerre. Plus loin était assis le Père Brown et, au bout de la table, le professeur de chimie, blond, massif, mielleux, apathique, à mine un peu chafouine. Il était de notoriété publique que ce savant philosophe considérait les autres philosophes de tradition classique comme de vieilles perruques. Le Père Brown était en face d'un jeune homme basané et silencieux, une barbiche noire au menton, nommé là parce que quelqu'un avait fondé une chaire de persan. Vis-à-vis de Byles était assis le plus inoffensif des aumôniers au crâne en forme d'œuf. La chaise en face de l'économe, à droite du directeur, était vide ; et plusieurs membres de la société se réjouissaient qu'il en fût ainsi.

— Je ne sais pas si Craken va venir, dit le directeur, non sans jeter sur la chaise un regard nerveux qui contrastait avec sa désinvolture habituelle. J'aime laisser la bride sur le cou des jeunes gens, mais je l'avoue, je suis arrivé à me réjouir quand il est ici ; au moins, dans ce cas, il n'est pas ailleurs.

— On ne sait jamais ce qu'il va sortir, renchérit l'économe, surtout lorsqu'il instruit la jeunesse.

— C'est un garçon d'une brillante intelligence mais un peu enflammé, reprit le directeur avec un brusque accès de discrétion.

— Un feu d'artifice est enflammé et brillant aussi, grommela le vieux Byles, je ne tiens pas à rôtir dans mon lit pour que Carken fasse son petit Guy Fawkes.

— Croyez-vous que si un mouvement révolutionnaire existait, il s'y joindrait ? demanda l'économe en souriant.

— Bien sûr que oui, riposta Byles. Devant une salle pleine d'étudiants, l'autre jour, il a déclaré que rien n'empêcherait la lutte des classes de se transformer en véritable guerre et que le sang coulerait dans les rues de la ville ; tout cela n'aurait aucune importance si tout finissait par le triomphe du communisme et la victoire de la classe ouvrière.

— La lutte des classes, murmura le directeur d'un ton rêveur avec une répugnance atténuée par la distance, car au temps jadis il avait connu William Morris et avait été à tu et à toi avec les socialistes plus artistes et moins bouillants. Je ne peux pas comprendre ces balivernes à propos de la guerre des classes. Dans ma jeunesse le socialisme niait l'existence des classes.

— Ce qui revient à nier l'existence des socialistes, remarqua Byles avec une aigre satisfaction.

— Bien entendu ; vous les détestez plus que moi, dit pensivement le directeur, mais je suppose que mon socialisme est presque aussi démodé que votre torisme. Je me demande ce qu'en pensent nos jeunes amis. Qu'en pensez-vous, Baker ? demanda-t-il à l'économe.

— Oh ! je m'en bats l'œil, comme on dit vulgairement, répondit l'économe en riant, n'oubliez pas que je suis tout à fait vulgaire. Je ne suis pas un penseur, je suis seulement homme d'affaires et en tant qu'homme d'affaires je pense que cela c'est de la blague. On ne peut rendre les hommes égaux et c'est complètement grotesque de leur verser à tous les mêmes salaires ; beaucoup ne valent pas le pain qu'ils mangent. Quoi qu'il en soit, pour sortir du pétrin il faut choisir le seul unique moyen pratique. Ce n'est pas de notre faute si la nature a fait de l'existence une lutte perpétuelle.

— Pour une fois je suis d'accord avec vous, dit le professeur de chimie avec un zézaiement un peu enfantin pour un homme de si fortes proportions. Le communisme a la prétention d'être moderne, mais il ne l'est pas. C'est le retour aux superstitions des moines et des tribus primitives. Un gouvernement scientifique, conscient de ses vraies responsabilités vis-à-vis de la postérité, devrait chercher des promesses de progrès au lieu de tout niveler et de tout aplatir dans la boue. Le socialisme est simple sensiblerie et plus dangereux que la peste bubonique, car en temps d'épidémie la survivance, tout au moins, est assurée aux plus aptes.

Le maître eut un sourire un peu triste.

— Vous savez que vous et moi nous ne sommes jamais du même avis. A propos de différences d'opinion, n'avez-vous pas ici même entendu quelqu'un dire d'un ami avec lequel il se promenait au bord de la rivière : « Nous nous entendons à merveille, à cela près que nous ne sommes jamais de la même opinion. » N'est-ce pas le mot d'ordre de l'université : avoir des centaines d'opinions et n'être jamais imbu de ses opinions. Chez nous, si les gens se font prendre en grippe c'est à cause de leur nature et non de leurs idées. Peut-être suis-je un des derniers vestiges du XVIIIe siècle, mais j'ai un faible pour la vieille hérésie sentimentale : « Laissez les fanatiques malappris se quereller sur les formes de la foi ; il ne peut s'égarer celui qui suit le droit chemin. » Qu'en pensez-vous, Père Brown ?

Il jeta un regard malicieux au prêtre et sursauta. Car il l'avait toujours connu gai, aimable, facile à vivre, son visage de pleine lune resplendissant de bonne humeur. Mais cette fois le front du Père Brown était barré d'un pli sombre qu'on n'y avait jamais vu. Et un instant sa physionomie bonasse fut plus renfrognée et plus sinistre que le visage aigre de Byles. Le nuage se dissipa aussitôt, mais quand le Père Brown prit la parole ce fut d'une voix grave et ferme.

— Je ne puis vous approuver, dit-il. Comment pourrait-il être dans le bon chemin celui qui ne connaît pas sa voie? La pagaïe moderne vient de ce que les gens ne savent pas jusqu'à quel point peuvent différer les opinions sur la vie. Les baptistes et les méthodistes savent que leurs vues sur la morale sont presque identiques; mais ils ne diffèrent pas beaucoup en religion ou en philosophie. Il n'en est plus de même quand vous passez des baptistes aux anabaptistes ou des théosophes aux Thugs. L'hérésie influe toujours sur la morale, si elle est vraiment hérétique... Peut-être un homme peut-il croire de bonne foi que le vol n'est pas un péché. A quoi sert de dire qu'il approuve honnêtement la malhonnêteté?

— A rien du tout, dit Byles avec une grimace affreuse que beaucoup interprétèrent comme un sourire amical. Et c'est pourquoi je proteste contre une chaire de Théorie du Vol dans ce collège.

— Vous tombez tous à bras raccourcis sur le communisme, dit le directeur avec un soupir. Croyez-vous que cela en vaille bien la peine? Y a-t-il une hérésie assez grande pour être dangereuse?

— Je crois que les hérésies sont devenues si grandes que dans certains milieux, elles ont droit de cité, déclara gravement le prêtre, elles ont bel et bien pénétré dans l'inconscience c'est-à-dire qu'elles sont dépourvues de conscience.

— Tout cela finira par la ruine de l'Angleterre, déclara Byles.

— Le désastre sera plus complet encore, prédit le Père Brown.

Une ombre se projeta sur la boiserie du mur en face, immédiatement suivie par la silhouette qui l'engendrait ; c'était une silhouette haute et voûtée dont le contour faisait vaguement penser à un oiseau de proie ; cette impression était accentuée par la brusquerie de l'apparition. La rapidité de ses mouvements rappelait ceux d'un oiseau effarouché qui s'envole d'un buisson. Pourtant ce n'était là que la silhouette familière à tous d'un homme haut sur jambes, la tête rentrée dans les épaules, la moustache pendante ; mais dans la pénombre et à la clarté des bougies, cette ombre hachurée et tremblotante semblait magiquement évoquée par les paroles fatidiques du prêtre, tout comme si ces paroles eussent été un augure, au sens que les anciens Romains donnaient à ce mot et que le signe tangible fût le vol d'un oiseau. Peut-être M. Byles aurait-il pu faire une conférence sur les augures romains et en particulier sur cet oiseau de mauvais présage.

L'homme efflanqué passa le long du mur comme son ombre et se laissa tomber sur la chaise vide à la droite du directeur. Puis il fixa sur l'économe et sur le reste de l'assemblée des

yeux caves et hagards. Sa chevelure longue et sa moustache étaient blondes, mais ses yeux trop enfoncés paraissaient noirs. Tous savaient ou devinèrent qui était le nouveau venu : d'ailleurs un incident jeta une vive clarté sur la situation. Le professeur d'histoire romaine se leva d'un air guindé et sortit, drapé dans sa dignité, indiquant ainsi, sans ménagement, qu'il ne pouvait s'asseoir à la même table que le professeur de Théorie du Vol, autrement dit le communiste M. Craken.
Le directeur de Mandeville vint à la rescousse avec une amabilité nerveuse.
— J'étais en train de plaider votre cause, mon cher Craken, dit-il en souriant; je suis bien sûr que vous n'en feriez pas autant pour moi. Après tout je ne puis oublier que les vieux amis socialistes de ma jeunesse avaient un très bel idéal de fraternité et de camaraderie. William Morris l'a exprimé dans cette phrase : « La solidarité c'est le ciel, le manque de solidarité c'est l'enfer. »
— Le professeur d'université démocrate! Quelle belle manchette de journal, dit M. Craken, d'un ton désagréable. Et ce dur à cuire de Hake va-t-il dédier la nouvelle chaire de science commerciale à la mémoire de William Morris?
— Eh bien! dit le directeur, cramponné à sa jovialité factice; j'espère que toutes nos chaires sont des chaires de bonne camaraderie.
— Oui, c'est l'interprétation universitaire de la maxime de Morris, grommela Craken : « Posséder une chaire c'est le ciel, ne pas posséder une chaire c'est l'enfer. »
— Ne soyez pas si grincheux, Craken, intervint

171

l'économe. Prenez un peu de porto. Tenby, faites passer le porto à M. Craken.

— J'en boirai bien un verre, dit le professeur communiste en se déridant un peu. Je suis descendu pour fumer une pipe dans le jardin puis j'ai jeté un regard par la fenêtre et j'ai vu vos deux millionnaires qui s'épanouissaient dans le jardin, frais et innocents boutons de roses. J'ai bien envie de leur dire ma façon de penser.

Le directeur s'était levé sous prétexte d'exécuter le geste traditionnel de la politesse, et il laissa volontiers l'économe aux prises avec l'énergumène. Les autres avaient quitté la table et les groupes se dispersaient; l'économe et M. Craken restèrent presque seuls à l'extrémité de la longue table. Seul le Père Brown demeura assis, les yeux fixés dans le vide, soucieux et pensif.

— A vrai dire j'en ai plein le dos de ces richards, avoua l'économe. J'ai passé presque toute la journée avec eux à discuter et à aligner des chiffres au sujet de cette nouvelle chaire. Dites-moi, Craken ! Il se pencha vers son vis-à-vis et continua à voix basse détachant tous les mots : Ne prenez donc pas les choses au tragique. Cette nouvelle chaire ne vous nuira pas. Vous êtes le seul professeur d'économie politique à Mandeville et, bien que je ne prétende pas approuver vos idées, tout le monde sait que vous êtes connu dans toute l'Europe; il s'agit d'un sujet nouveau qu'on appelle l'économie politique appliquée. Eh bien ! comme je vous le disais, aujourd'hui, j'ai eu une indigestion d'économie politique appliquée. En d'autres termes, j'ai parlé affaires avec deux hommes d'affaires. Est-ce là l'objet de vos désirs ? Est-ce ce qui fait votre envie ? Pourriez-vous le supporter ? N'est-il pas évident que c'est un sujet à part et qu'on peut bien créer une chaire à part ?

— Grand Dieu! cria Craken avec toute l'ardeur de son athéisme. Imaginez-vous que je ne tiens pas à appliquer l'économie politique ? Mais quand c'est nous qui la mettons en pratique vous criez à la ruine et à l'anarchie; quand c'est vous, le mot « exploitation » me vient aux lèvres. Si vous appliquiez la science économique, le peuple aurait tout juste quelque chose à se mettre sous la dent ; vous êtes des gens pratiques et c'est pour cela que vous avez peur de nous. C'est pour cela que vous acceptez que ces deux bons apôtres de capitalistes fondent une nouvelle chaire; tout simplement parce que j'ai vidé le fond de mon sac.

— Il en sort un chat sauvage qui me saute aux yeux, dit l'économe avec un sourire.

— Et vous essayez de l'enfermer dans un sac.

— Nous ne serons jamais d'accord, dit l'autre. Mais les deux bons apôtres ont dû quitter la chapelle pour le jardin et, si vous tenez à fumer une pipe, c'est le moment.

Non sans ironie il contempla son compagnon qui fouillait dans toutes ses poches et finissait par extraire une pipe qu'il considéra distraitement. Puis Craken se leva tout en continuant à tâter ses poches. M. Baker, l'économe, mit fin à la controverse avec un joyeux rire de réconciliation.

— Vous êtes des gens pratiques et vous ferez sauter la ville à la dynamite, mais vous oublierez probablement la dynamite comme je parie que vous avez oublié votre tabac. Mais ça ne fait rien, bourrez votre pipe avec le mien. Des allumettes?

Il jeta la blague à tabac et ses accessoires par-dessus la table et M. Craken les attrapa au vol avec la dextérité que montre toujours un joueur de cricket, même lorsqu'il adopte des opinions subversives qui ne sont pas du jeu. Les deux hommes quittèrent la table ensemble et Baker ne put s'empêcher de remarquer :

— Êtes-vous vraiment le seul homme pratique? N'y a-t-il rien à dire en faveur de l'économie politique appliquée qui vous enseigne à ne pas oublier de prendre votre blague à tabac en même temps que votre pipe?

Craken fixa sur lui des yeux où couvait une flamme sombre et vida lentement son verre jusqu'à la dernière goutte.

— Mettons qu'il existe un autre genre de science politique, remarqua-t-il. Il se peut que j'oublie des détails. Voilà ce que je voudrais vous faire comprendre.

Machinalement il rendit la blague à l'économe; ses yeux étaient lointains et flamboyants, presque terribles.

— Nos idées ont complètement changé. Nous avons une nouvelle conception du bien et nous ferons des actes que vous prendrez pour des crimes et des actes tout à fait pratiques.

— Oui! s'écria le Père Brown qui sortait brusquement de sa rêverie, c'est exactement ce que je disais.

Il leva vers Craken des yeux vitreux et conclut avec un pâle sourire :

— M. Craken et moi nous sommes complètement d'accord.

— Eh bien! dit Baker, Craken va fumer avec les ploutocrates, mais je doute que ce soit le calumet de la paix.

Il se détourna brusquement pour adresser quelques mots à un vieux serviteur au fond de la salle. Mandeville était un des derniers collèges à l'ancienne mode et Craken était un des premiers communistes avant le bolchevisme d'aujourd'hui...

— A ce propos, reprit l'économe, puisque vous ne ferez pas passer le calumet de la paix, il faut envoyer des cigares à nos hôtes. Si ce sont des fumeurs enragés ils attendent sans doute avec impatience, car depuis la fin du repas ils furètent dans la chapelle.

Craken partit d'un éclat de rire farouche et discordant.

— Oui, je veux bien leur apporter leurs cigares. Je ne suis qu'un prolétaire.

Et Baker, Brown et le domestique en furent témoins, le communiste à grandes enjambées furieuses s'en fut au jardin affronter les millionnaires, et les millionnaires ne furent plus ni vus ni entendus jusqu'au moment où le Père Brown les trouva morts sur leurs sièges.

Il fut décidé que le directeur et le prêtre monteraient la garde sur les lieux de la tragédie tandis que l'économe, plus jeune et plus leste, irait alerter les médecins et la police. Le Père Brown s'approcha de la table sur laquelle un bout de cigare long d'un pouce ou deux achevait de se consumer. L'autre havane tombé de la main qui le tenait s'éteignait sur les dalles irrégulières dans un feu d'artifice d'étincelles. Le directeur de Mandeville, brisé par l'émotion, s'effondra sur une chaise à distance respectueuse et plongea son front chauve dans ses mains. Quand, d'un geste las, il releva la tête, il sursauta et une exclamation d'horreur monta dans le jardin silencieux.

Le Père Brown faisait parfois preuve d'une insensibilité à vous tourner les sangs, il agissait à sa guise sans souci du qu'en-dira-t-on et exécutait les actions les plus rudes, les plus horribles, les plus humiliantes ou les plus sales avec le calme d'un chirurgien. Dans son esprit naïf il n'y avait place ni pour la superstition ni pour la sentimentalité. Il s'assit sur la chaise d'où avait roulé le cadavre, saisit le cigare que le cadavre avait en partie fumé, fit tomber avec soin la cendre, examina l'extrémité du havane, puis le fourra dans sa bouche et l'alluma. Il semblait tourner en dérision le mort par une singerie révoltante et grotesque et, pourtant, il avait l'air d'accomplir l'acte le plus naturel du monde. Un nuage monta vers le ciel, pareil à la fumée d'un cruel sacrifice idolâtre. Mais aux yeux du Père Brown la chose tombait sous le sens : pour éprouver les qualités d'un cigare il n'est que de le fumer. Son vieil ami, le directeur de Mandeville, sentit redoubler son horreur en devinant que le Père Brown, pour résoudre le mystère, risquait sa propre vie.

– Non! Je crois que de ce côté tout est en règle, dit le prêtre en posant le mégot sur la table. Epatant ce cigare! Ce sont les vôtres et non des cigares américains ou allemands. Je ne crois pas qu'ils aient quelque chose d'anormal, mais on fera bien d'analyser les cendres. Ces hommes ont été empoisonnés avec la drogue qui raidit instantanément les corps... A ce propos, voici quelqu'un qui en sait plus long que nous.

Le directeur eut un soubresaut et sa surprise ressembla à un choc; une ombre épaisse était tombée sur l'allée et précédait un corps qui, malgré sa lourdeur, s'avançait à pas feutrés sans plus de bruit qu'une ombre. Le professeur Wadham, éminent titulaire de la chaire de chimie, avait toujours un pas silencieux qui jurait avec sa corpulence. Il n'y avait rien d'extraordinaire à ce qu'il se promenât dans le jardin; mais son arrivée, au moment précis où il était fait allusion à la chimie, tenait du prodige.

Le professeur Wadham se piquait de flegme; certains l'accusaient de dureté de cœur. Il ne broncha pas et pas un de ses cheveux filasse ne bougea sur sa tête plate; il regarda les cadavres qui gisaient à ses pieds et l'indifférence fut le seul sentiment qui se refléta sur son large visage de batracien. Cependant, quand il aperçut la cendre que le prêtre avait gardée avec soin, il la toucha du bout des doigts, puis il se figea dans son immobilité; mais dans l'ombre de ses sourcils ses yeux semblèrent sortir de leurs orbites à la manière d'un microscope qu'on dévisse. Il avait certainement compris ou reconnu quelque chose, mais il ne prononça pas un mot.

— Je ne sais pas par où l'on doit commencer dans cette terrible affaire, dit le directeur.

— Moi, je commencerai par demander où ces malheureux ont passé leur temps, dit le Père Brown.

— Ils sont restés un bon moment à tout tripoter dans mon laboratoire, remarqua Wadham, en prenant la parole pour la première fois. Baker vient souvent tailler une bavette et cette fois il a amené ces deux mécènes pour visiter mon domaine; mais je crois qu'ils sont allés partout; c'étaient de vrais touristes. Ils sont allés à la chapelle et même dans les caveaux sous la crypte où il faut allumer des bougies, au lieu de digérer tranquillement, en hommes sensés; Baker les a promenés partout.

— Se sont-ils intéressés à quelque chose de particulier dans votre laboratoire? demanda le prêtre. Que faisiez-vous à ce moment-là?

Le professeur de chimie grommela une formule qui commençait par « sulfate » et finissait par quelque chose qui ressemblait à « silenium ». Ce fut de l'hébreu pour ses interlocuteurs. Ensuite il s'éloigna d'un pas las et s'assit à l'écart sur un banc au soleil, les yeux fermés, mais levant vers le ciel son gros visage dans une attitude de sombre longanimité. A cet instant, par un frappant contraste, la pelouse fut traversée par un personnage guilleret dont la trajectoire était aussi rapide et aussi droite que celle d'un boulet de canon; le Père Brown reconnut le complet noir bien brossé et le visage de bouledogue du médecin légiste qu'il rencontrait parfois dans les quartiers populeux. C'était le premier à arriver du contingent officiel.

— Dites-moi, demanda le directeur au prêtre,

avant que le docteur fût à portée de la voix. Il faut que je sache quelque chose ; parlez-vous sérieusement quand vous avez dit que le communisme était un réel danger et conduisait au crime ?

— Oui, dit le Père Brown, avec un sourire un peu sardonique ; j'ai vraiment remarqué que les méthodes et les habitudes communistes se propagent rapidement, en un sens c'est un crime communiste.

— Merci, dit le directeur. Il faut que j'aille voir quelque chose, dites à la police que je reviens dans dix minutes.

Le directeur venait de disparaître sous les arcades Tudor lorsque le médecin légiste atteignit la table et reconnut le Père Brown avec des manifestations joyeuses. Le prêtre lui proposa de s'asseoir devant la table tragique. Le docteur Blake jeta un regard aigu et soupçonneux sur le gros chimiste débonnaire qui avait l'air de somnoler sur son banc. Le Père Brown déclina l'identité du professeur et répéta les renseignements qu'il avait reçus de lui ; le médecin écouta en silence tout en faisant un examen préliminaire des cadavres. Bien entendu il sembla consacrer plus d'attention aux cadavres qu'à cette déposition de seconde main, mais soudain un détail le détourna de la science de l'anatomie.

— A quoi le professeur a-t-il dit qu'il travaillait ?

Le Père Brown posément répéta la formule chimique qu'il n'avait pas comprise.

— Quoi ! Et cette exclamation claqua comme un coup de revolver. Sapristi ! c'est effrayant !

— C'est un poison? demanda le Père Brown.
— C'est de la blague, répliqua le docteur Blake. C'est complètement absurde. Le professeur est un chimiste célèbre. Pourquoi un chimiste célèbre fait-il exprès de débiter des absurdités?

— Je crois que je le sais, répondit le Père Brown avec douceur. Il débite des absurdités parce qu'il dit des mensonges. Il cache quelque chose et il voulait tout particulièrement le cacher à ces deux hommes et à leurs représentants.

Par-dessus les cadavres, le docteur jeta un regard au chimiste rigide comme un mort. On aurait pu le croire endormi; un papillon s'était posé sur lui, enhardi par cette immobilité d'idole de pierre. Les bajoues de son visage de bratacien firent penser le docteur à la peau pendante et plissée d'un rhinocéros.

— Oui, murmura très bas le Père Brown, c'est un méchant homme.

— Sacré nom d'un chien! cria le docteur bouleversé, allez-vous me dire qu'un grand savant comme lui est capable d'un meurtre?

— Des censeurs d'une délicatesse exagérée l'ont accusé de faire du meurtre sa spécialité, dit le prêtre sans perdre son calme. Pour ma part, c'est une spécialité que je n'approuve guère. Mais ce qui est plus typique c'est que, j'en suis sûr, ces pauvres diables faisaient partie de ses censeurs.

— Ils ont découvert son secret et il les a réduits au silence, dit Blake les sourcils froncés. Mais quel était donc cet infernal secret et comment un homme a-t-il pu exécuter un tel massacre en pareil lieu?

— Je vous ai dit son secret, insista le prêtre. C'est le secret d'une âme. Oui, c'est un méchant homme ! Pour l'amour de Dieu, ne croyez pas que je dis cela parce que nous appartenons à des écoles, ou à des traditions, diamétralement opposées ; je compte un tas de savants parmi mes amis. La plupart sont d'un héroïque désintéressement. Les plus sceptiques eux-mêmes sont désintéressés jusqu'à l'absurde, mais de temps en temps vous tombez sur un matérialiste qui s'est ravalé au niveau de la bête. Je le répète, c'est un méchant homme ! plus méchant que...

Le Père Brown hésita et se tut.

— Bien plus méchant que le communiste, acheva l'autre.

— Non, bien plus méchant que l'assassin, dit le Père Brown.

Il se leva distraitement sans voir que son interlocuteur fixait sur lui des yeux ahuris.

— Mais ne venez-vous pas de dire que ce Wadham est l'assassin ? demanda enfin Blake.

— Oh non ! répondit le Père Brown plus gaiement, l'assassin est un type beaucoup plus sympathique et beaucoup moins impénétrable. Lui du moins était aux abois, et la rage et le désespoir sont des circonstances atténuantes.

— Quoi ! cria le docteur, vous croyez donc que c'est le communiste ?

A ce moment précis les agents survinrent comme marée en carême et tout fiers d'eux annoncèrent que l'affaire était réglée. S'ils avaient tardé à atteindre les lieux du crime, c'est qu'ils avaient déjà capturé le criminel. Et, de plus, ils l'avaient capturé presque à la porte du poste de police. Déjà ils soupçonnaient Craken, le communiste, de ne pas être étranger aux récentes émeutes qui avaient bouleversé la ville; à la première nouvelle du crime ils avaient jugé prudent de le mettre en lieu sûr et cette arrestation était pleinement justifiée. Car, comme l'inspecteur Cook radieux l'expliqua aux professeurs et au directeur réunis sur la pelouse de Mandeville, quand on fouilla le communiste notoire, la première chose qu'on trouva dans ses poches fut une boîte d'allumettes empoisonnées.

En entendant le mot « allumette » le Père Brown se leva d'un bond comme si on avait mis le feu à son siège.

— Oh! s'écria-t-il avec une satisfaction qui s'étendait à l'univers entier; maintenant c'est clair comme le jour.

— Qu'entendez-vous par là? demanda le directeur de Mandeville qui était venu opposer le prestige de ses hautes fonctions au déploiement des forces policières qui avaient envahi le collège comme une armée conquérante. Est-ce le crime de Craken qui est clair comme le jour?

— Non! Son innocence! déclara fermement le Père Brown. Craken est lavé de tout soupçon. Croyez-vous qu'il est homme à empoisonner des gens avec des allumettes?

— C'est fort bien, répliqua le directeur avec l'expression soucieuse qui ne l'avait pas quitté depuis le début du drame, mais c'est vous-même qui avez dit que les fanatiques aux principes erronés sont capables de tous les crimes, c'est vous-même qui avez dit que le communisme se glisse partout et que les habitudes communistes se propagent.

Le Père Brown eut un rire un peu penaud.

— En ce qui concerne cette dernière phrase, je vous dois des excuses, dit-il, je brouille toujours les choses avec mes petites plaisanteries stupides.

— Petites plaisanteries! répéta le directeur indigné.

— Eh bien! expliqua le prêtre en se grattant la tête, quand j'ai parlé des habitudes communistes qui se propagent, je ne pensais qu'à une habitude que j'ai remarquée deux ou trois fois aujourd'hui. C'est une habitude communiste, mais qui n'est pas l'apanage des communistes. C'est l'extraordinaire habitude de tant d'hommes, surtout en Angleterre, d'empocher les boîtes d'allumettes d'autrui sans penser à les rendre. Cela semble une vétille sans importance, pourtant c'est ainsi que le crime a été commis.

— C'est tout à fait saugrenu, remarqua le docteur.

— Si presque tous les hommes oublient de rendre les allumettes, vous pouvez mettre votre tête à couper que Craken les garderait. Aussi l'empoisonneur qui avait préparé les allumettes s'en est débarrassé au profit de Craken par la plus simple des méthodes; il les lui a prêtées et ne les a pas revues. C'est un moyen admirable pour ne pas assumer ses responsabilités. Craken aurait été incapable de se rappeler qui les lui avait prêtées. Et quand il s'en est servi dans l'innocence de son âme pour allumer les cigares qu'il offrait à nos deux visiteurs, il est tombé dans le piège le plus grossier. C'était le révolutionnaire qui assassinait deux millionnaires.

— Qui d'autre aurait eu envie de les assassiner? grommela le médecin.

— Ah! qui? répéta le prêtre avec un accent de profonde gravité. Nous arrivons maintenant à la seconde chose et celle-ci, permettez-moi de vous le dire, n'est pas une plaisanterie. Je vous ai dit que les hérésies et les fausses doctrines sont devenues banales et rebattues; tout le monde y est habitué et personne ne les remarque. Avez-vous cru que je pensais au communisme? Eh bien, c'était juste le contraire. Vous étiez tous sur des charbons ardents à cause du communisme et vous guettiez Craken comme un rat. Bien sûr le communisme est une hérésie, mais ce n'est pas une hérésie que vous acceptez les yeux fermés. C'est le capitalisme que vous ne voyez plus, ou plutôt les vices d'un capitalisme qui a pris les traits d'un darwinisme suranné. Vous rappelez-vous, vous disiez tous au réfectoire que la vie n'est qu'une lutte, que la nature exige la survivance du plus apte et que peu importe que le pauvre touche ou non un salaire raisonnable. Eh bien c'est à cette hérésie-là que vous êtes accoutumés, mes amis; et c'est une hérésie tout comme le communisme. C'est la morale antichrétienne ou l'immoralité qui ne vous choque pas, et c'est l'immoralité qui aujourd'hui a transformé un homme en assassin.

— Quel homme? cria le directeur, et une brusque faiblesse brisa sa voix.

— Envisageons l'affaire sous un autre jour, dit placidement le prêtre. Vous parlez tous comme si Craken s'était enfui. Quand les deux hommes ont culbuté, il s'est précipité dans la rue, a alerté le docteur en l'appelant par la fenêtre et a cherché à alerter la police. A ce propos, n'êtes-vous pas étonnés que M. Baker, l'économe, mette si longtemps à avertir la police?

— Que fait-il donc? demanda le directeur.

— J'imagine qu'il détruit des papiers ou peut-être fouille-t-il les chambres de ces deux hommes pour voir s'ils n'ont pas laissé une lettre à notre adresse, et il se pourrait que cette lettre parle de notre ami Wadham. Quel est le rôle de Wadham dans l'affaire? Il est très simple et presque comique. M. Wadham fait des expériences sur des poisons destinés à la prochaine guerre et, entre autres, il a découvert un gaz qui, enflammé, par une simple bouffée étend un homme raide mort. Bien entendu, il n'a pas participé à la tuerie, mais il cachait son secret chimique pour une très simple raison : l'un des deux millionnaires était un puritain américain, l'autre un juif cosmopolite, c'est-à-dire probablement tous deux des pacifistes à tous crins. Ils auraient accusé le savant de meurtre prémédité et auraient refusé de financer le collège. Mais Baker était un ami de Wadham et c'était un jeu pour lui de tremper les allumettes dans le poison nouveau.

Le petit prêtre avait une particularité : son esprit était tout d'une pièce et les nuances n'existaient pas pour lui; il passait des idées générales aux confidences intimes sans le moindre embarras. Cette fois il éberlua tout son monde en se mettant à parler à une seule personne après s'être adressé à dix. Peu lui importait que ses paroles fussent une énigme pour tous ses auditeurs, sauf un.

— Excusez-moi, docteur, de vous avoir induit en erreur par mes divagations métaphysiques, déclara-t-il. Elles n'avaient aucun rapport avec le crime, que j'avais oublié. J'avais tout oublié pour ne plus voir que Wadham avec son visage inhumain, tapi au milieu des fleurs comme un monstre aveugle de l'âge de pierre, et je pense que certains hommes sont monstrueux comme les hommes de l'âge de pierre. Mais c'est battre la campagne. La pourriture de l'âme ne s'exprime pas toujours par des crimes. Les plus endurcis des criminels n'ont jamais fait couler de sang. Voici maintenant la question qui se pose : Pourquoi le véritable assassin a-t-il commis cet assassinat ? Pourquoi Baker a-t-il tué ces hommes ? C'est la seule chose qui nous intéresse. La réponse est la réponse à la question que j'ai posée deux fois. Où étaient nos deux visiteurs quand ils ne furetaient pas dans la chapelle ou le laboratoire ? A en croire l'économe lui-même, ils parlaient affaires avec l'économe. Or, malgré le respect que je dois aux morts, je ne lève pas mon chapeau à l'intelligence de ces deux financiers. Leurs idées en économie politique et en morale étaient barbares et cruelles, leurs idées sur la paix ne tenaient pas debout. Leurs idées sur le porto étaient encore plus déplorables, mais ils étaient ferrés à glace sur un sujet et ce sujet était les affaires. En un clin d'œil ils ont découvert que l'homme d'affaires chargé d'administrer les fonds du collège était un aigrefin, devrais-je dire un partisan enthousiaste de la doctrine de la lutte pour la vie et de la survivance du plus apte.

– Vous prétendez qu'ils allaient le dénoncer et qu'il les a tués pour leur clore le bec, dit le docteur les sourcils froncés. Il y a un tas de détails que je ne comprends pas.

– Il y a des détails dont je ne suis pas sûr moi-même, avoua franchement le prêtre. J'imagine que, sous prétexte d'allumer des bougies dans le caveau, Baker a subtilisé les allumettes des millionnaires, ou peut-être s'est assuré qu'ils n'en avaient pas sur eux. Mais j'ai été témoin du geste criminel, du geste insouciant de Baker jetant ses allumettes à l'insouciant Craken. Ce geste a été le coup mortel.

– Il y a une chose que je ne comprends pas, dit l'inspecteur. Comment Baker savait-il que Craken n'allumerait pas sa pipe sur-le-champ? ne craignit-il pas d'avoir sur les bras un cadavre superflu?

Une expression réprobatrice assombrit le visage du Père Brown; il s'écria d'une voix lugubre où vibrait cependant une sainte colère :

– Quand le diable y serait, ce n'était qu'un athée après tout.

– Je ne comprends pas, dit l'inspecteur avec politesse.

– Il voulait simplement supprimer Dieu, expliqua le Père Brown d'un ton patient. Il voulait simplement détruire les dix commandements, exterminer la religion et la civilisation à qui il devait tout. Il criait haro sur le droit de propriété, le bon sens et l'honnêteté, il laissait écraser sa culture et sa patrie par des sauvages venus de l'autre bout du monde; c'était tout. Vous n'avez pas le droit de l'accuser d'autre chose, sacrebleu! Il y a une limite à tout! Vous suggérez froidement qu'un homme de l'ancienne génération – Craken était de l'ancienne génération malgré ses idées – allait commencer à fumer ou même aurait frotté une allumette pendant qu'il buvait le porto du collège, le cru célèbre de 1808! Non! non! les hommes ne se révoltent pas ainsi contre toutes les lois! J'étais là, je l'ai vu; il n'avait pas fini son vin et vous me demandez pourquoi il n'a pas fumé! Jamais une question aussi subversive n'a ébranlé les arcades de Mandeville College... drôle d'endroit Mandeville College, drôle d'endroit Oxford, drôle d'endroit l'Angleterre.

— Rien ne vous attache à Oxford? demanda le docteur avec curiosité.

— Tout m'attache à l'Angleterre, répliqua le Père Brown, c'est mon berceau et mon foyer, et le plus drôle c'est que cette Angleterre, même si vous l'aimez de tout votre cœur et si vous y passez votre vie, vous y perdez votre latin, elle reste pour vous une énigme.

LA PIQURE D'ÉPINGLE

Le Père Brown a toujours soutenu qu'il avait
trouvé la solution de ce problème pendant son
sommeil. Et c'était vrai, bien que d'une assez
bizarre façon, car l'incident eut lieu à un moment
où son sommeil était assez troublé. Il fut troublé
dès l'aube par des coups de marteau qui retentis-
saient dans le colossal immeuble, ou moitié
d'immeuble, en voie de construction de l'autre
côté de la rue : c'était une ruche géante d'appartements disparaissant encore derrière des échafaudages et des écriteaux où s'étalaient les noms
de Messieurs Swindon et Sand, entrepreneurs et
propriétaires.

Les coups de marteau suivaient une cadence
régulière et étaient facilement reconnaissables.
Messieurs Swindon et Sand employaient un nouveau ciment qui, tout en assurant par la suite un
dallage uni, solide, étanche, confortable et éternel
– voyez publicité – devait être assujetti à certains
endroits au moyen de lourds outils. Le Père
Brown se chercha une consolation précaire; il se
dit que ce bruit l'avait réveillé à temps pour la
première messe et tenait donc du carillon. Après

tout, songeait-il, c'est aussi poétique pour des chrétiens d'être réveillés par des marteaux que par des cloches. En réalité ce branle-bas matinal lui donnait un peu sur les nerfs pour une autre raison. Car sur ce gratte-ciel inachevé planait comme un nuage la possibilité d'une crise de main-d'œuvre, que les journaux s'obstinaient à appeler grève, et qui, si elle survenait, amènerait la fermeture de tous les chantiers et ateliers.

Le Père Brown se demandait avec anxiété si elle aurait lieu; et il ne savait si ce vacarme s'imposait à son attention parce qu'il pouvait durer jusqu'à la fin des siècles ou parce qu'il pouvait s'arrêter d'une minute à l'autre.

« Simple affaire de goût et de fantaisie, se dit le Père Brown en contemplant l'édifice derrière les lunettes rondes qui lui donnaient l'air d'un hibou. Pour moi, j'aimerais mieux qu'il s'arrête, j'aimerais mieux que toutes les maisons soient laissées en plan encore couvertes d'échafaudages. C'est mille fois dommage que les maisons soient achevées; elles sont si gaies, si confiantes en l'avenir, derrière ce filigrane féerique de bois blanc qui brille et luit au soleil. Et les hommes si souvent ne terminent les maisons qu'en les transformant en tombeaux. »

En se détournant, il se heurta à un homme qui venait de traverser la rue comme un trait dans sa direction. Il le connaissait à peine mais toutefois suffisamment pour le considérer comme un oiseau de mauvaise augure. M. Mastyk était un homme trapu, à tête carrée, vêtu avec une recherche de mauvais goût. Il avait l'air d'un métèque qui se serait donné beaucoup de mal pour s'européaniser. Le Père Brown l'avait vu récemment en conversation avec le jeune Sand, l'un des entrepreneurs, et il en avait été contrarié. Ce Mastyk était chef d'une organisation assez nouvelle dans la vie politique et industrielle de l'Angleterre et où se rencontraient les extrêmes les plus opposés ; c'était une véritable armée d'ouvriers n'appartenant à aucun syndicat et principalement étrangers qui se faisaient embaucher par équipes. Si M. Mastyk rôdait par là, c'était évidemment dans l'espoir d'embobeliner les entrepreneurs. En un mot il cherchait à duper l'union ouvrière et à remplir les chantiers d'une invasion de Jaunes. Le Père Brown avait pris part à quelques-uns de ces débats, les deux parties ayant sollicité son arbitrage. Après quoi les capitalistes déclarèrent que la preuve était faite et qu'il était bolcheviste ; de leur côté, les bolchevistes clamaient d'un commun accord que c'était un affreux réactionnaire cramponné aux préjugés bourgeois ; on put en conclure qu'il parlait le langage du bon sens et que capitalistes et bolchevistes firent la sourde oreille. La nouvelle apportée par M. Mastyk, cependant, était de nature à bouleverser rouges et blancs et à faire oublier les mesquines querelles journalières.

– On vous demande là-bas, tout de suite, dit M. Mastyk dans un anglais laborieux avec un fort accent étranger. Quelqu'un est menacé de mort.

En silence, le Père Brown, sur les talons de son guide, gravit plusieurs escaliers et plusieurs échelles, et sur une des plates-formes de l'édifice inachevé, trouva les directeurs plus ou moins connus de l'entreprise de construction; et même un personnage important, qui jadis avait été leur tête, était là parmi eux. Cette tête qui avait été dans les nuages était maintenant coiffée d'une couronne qui la dissimulait comme un nuage. En d'autres termes, Lord Stanes était non seulement retiré des affaires mais encore s'était laissé capturer par la Chambre des lords et avait disparu. Ses rares apparitions étaient mornes et même lugubres et celle-ci, appuyée par la présence de Mastyk, avait quelque chose de menaçant.

Maigre comme un clou, la tête longue, les yeux caves, les cheveux d'un blond si fade qu'on les distinguait à peine de la calvitie naissante, Lord Stanes était l'homme le plus fuyant que le prêtre eût jamais rencontré.

Il poussait au génie le talent qu'on acquiert à Oxford pour faire entendre : « Pauvre idiot qui vous prenez pour un malin », quand il murmurait amicalement : « Sans doute vous avez raison », et quand il s'écriait : « Croyez-vous ? » son ton acerbe signifiait « Ça ne m'étonne pas de vous. » Mais le Père Brown imaginait qu'à son désenchantement s'ajoutait une pointe d'aigreur. Était-il contrarié d'avoir quitté l'Olympe pour arbitrer de vulgaires conflits ouvriers ou était-il furieux de sentir qu'il n'était plus que la cinquième roue du char? Le deviner était impossible.

Somme toute, le Père Brown avait plus de sympathie pour le groupe plus bourgeois des entrepreneurs, Sir Hubert Sand et son neveu Henry, bien qu'au fond du cœur il les soupçonnât de se soucier fort peu d'idéologie. Sir Hubert Sand jouissait d'une grande renommée dans les journaux : c'était un protecteur des sports et un patriote qui avait aidé à franchir bien des passes critiques pendant et après la guerre mondiale; revenu des tranchées françaises avec plus de galons que n'en comportait son âge, il s'était distingué dans l'industrie et avait su mater les ouvriers des usines de guerre. On le traitait d'homme à poigne mais il n'y était pour rien. C'était en réalité un Anglais robuste et tout d'une pièce, grand nageur, bon châtelain, admirable colonel amateur. En effet, il avait l'air de s'être grimé pour jouer un rôle de guerrier; il prenait de l'embonpoint mais effaçait les épaules. Ses cheveux frisés et sa moustache étaient encore châtain clair, alors que son visage un peu flétri avait perdu ses couleurs. Son neveu était un gaillard de forte carrure, arriviste et toujours prêt à jouer des coudes. Sa tête relativement petite, plantée sur un cou de taureau, lui donnait l'aspect de foncer la tête la première, et cette attitude était rendue puérile et même comique par le contraste du pince-nez en équilibre sur un nez camus de bouledogue en colère.

Le Père Brown connaissait par cœur ces particularités, mais à ce moment tous les yeux étaient fixés sur un objet entièrement nouveau. Au centre de la charpente était cloué un grand papier qui battait au vent et où s'étalaient quelques lignes, en majuscules grossières et irrégulières comme si elles avaient été tracées par un illettré ou par quelqu'un qui affectait de singer l'ignorance; le texte était ainsi conçu : « Le Conseil des ouvriers avertit Hubert Sand que s'il diminue les salaires et ferme les chantiers il le fera à ses risques et périls. S'il prend cette décision il sera mis à mort par la justice du peuple. » Lord Stanes, qui venait de lire l'avis, fit un pas en arrière, jeta un regard à son associé et dit avec une étrange intonation :

— C'est à votre peau qu'ils en veulent. Moi, évidemment, je ne vaux pas la peine d'être tué.

Le Père Brown sentit passer en lui une de ces idées ridicules qui parfois ébranlaient son cerveau comme une secousse électrique. Il eut l'impression bizarre que l'homme qui parlait ne pouvait être tué parce qu'il était déjà mort. C'était, reconnut-il gaiement, une idée complètement stupide, mais il avait toujours la chair de poule devant le détachement désenchanté de l'aristocrate, son teint cadavéreux, ses yeux sans chaleur. « Ce type-là, pensa-t-il, avec la même mauvaise foi, a des yeux verts, et du sang vert doit couler dans ses veines. » En tout cas Sir Hubert Sand n'avait pas de sang vert. Son sang qui était rouge, dans toute l'acception du terme, envahissait ses joues flétries par l'âge ou les intempéries, et cette rougeur éloquente trahissait l'indignation d'un honnête homme.

— De toute ma vie, dit-il d'une voix forte et cependant tremblante, je n'ai jamais été l'objet d'une insulte ou d'une attaque. J'ai peut-être différé d'opinion...

— Eh bien ! nous sommes tous du même avis là-dessus, interrompit impatiemment son neveu. J'ai bien essayé de faire des concessions, mais ça, c'est un peu fort.

— Je ne croyais pas que vos ouvriers..., commença le Père Brown.

— Comme je l'ai dit, je n'ai pas toujours eu les mêmes idées, dit le vieux Sand d'une voix chevrotante. Dieu sait que j'ai toujours répugné à menacer les ouvriers anglais d'employer une main-d'œuvre moins chère...

— Cette idée nous répugnait à tous, dit le jeune homme, mais si je vous connais bien, mon oncle, votre décision est prise maintenant.

Après un silence il ajouta :

— Nous pouvons ne pas être d'accord sur tous les détails, mais quant au plan d'ensemble...

— Mon cher ami, dit son oncle, aimablement, j'espérais que nous n'aurions jamais un véritable désaccord.

Tous ceux qui ont quelque connaissance de la nation anglaise peuvent en conclure que le désaccord avait été grand. En effet, l'oncle et le neveu différaient d'autant qu'un Anglais d'un Américain. L'idéal de l'oncle était tout anglais ; il rêvait de se retirer des affaires et de prouver son alibi de gentilhomme campagnard. Ainsi que tout Américain qui se respecte, le neveu avait pour idéal de s'initier aux affaires et d'en étudier le mécanisme avec la conscience d'un bon mécanicien. Il avait travaillé côte à côte avec les ouvriers, et les ficelles du métier n'avaient plus de secrets pour lui. Et tout comme un citoyen d'Amérique, s'il agissait ainsi c'était non seulement pour stimuler le zèle des ouvriers, mais aussi par vague désir d'égalité et par fierté de son habileté. Pour cette raison il s'était souvent posé en champion des ouvriers au sujet de questions techniques étrangères à son oncle, qui devait, lui, sa popularité à sa supériorité en politique et en sport. Maintes fois Henry était sorti de l'atelier en manches de chemise pour réclamer des concessions et de meilleures conditions de travail, et ce souvenir prêtait une force, et même une violence particulière, à sa volte-face d'aujourd'hui.

— Nom d'un chien, ils se mettent eux-mêmes à la porte des ateliers, cria-t-il. Après une telle menace il ne reste plus qu'à les prendre au mot, il ne reste plus qu'à les sacquer immédiatement sans perdre une minute, sans cela nous serons un objet de risée pour le monde entier.

Le vieux Sand fronça les sourcils avec la même indignation.

— Je serai critiqué..., commença-t-il lentement.

— Critiqué! cria le jeune homme d'une voix aiguë. Critiqué si vous bravez une menace de meurtre? Ne vous rendez-vous pas compte que vous le serez bien plus si vous ne la bravez pas? Serez-vous content de lire en manchette dans les journaux : « Un grand capitaliste terrorisé », ou « Un patron cède à une menace de mort ».

— D'autant, dit Lord Stanes, d'une voix légèrement sardonique, d'autant que nous avons lu si souvent en manchette : « L'homme à poigne des bâtiments d'acier. »

Sand devint écarlate pour la seconde fois et la voix qui sortit de sa moustache touffue prit un son rauque :

— Bien sûr, vous avez raison. Si ces salauds croient que j'ai peur...

La conversation fut interrompue. Un mince jeune homme s'avançait d'un pas rapide ; la première chose qui sautait aux yeux c'est qu'il était trop poli pour être honnête. Il avait de beaux cheveux noirs et une moustache soyeuse, une voix d'homme distingué avec un accent presque trop raffiné et trop modulé. Le Père Brown reconnut aussitôt Rupert Rae, le secrétaire qu'il avait vu souvent aller et venir dans la maison de Sir Hubert Sand, mais jamais avec des mouvements aussi impatients et un tel froncement de sourcils.

— Excusez-moi, monsieur, dit-il à son patron ; un homme rôde autour de l'immeuble : j'ai fait tout ce que j'ai pu pour m'en débarrasser. Il a une lettre et jure qu'il doit vous la remettre à vous seul.

— Il est d'abord allé chez moi ? dit Sand après un bref regard sur son secrétaire. Vous avez passé la matinée là-bas, je suppose.

— Oui, monsieur, répondit M. Rupert Rae.

Il y eut un bref silence. Sèchement Sir Hubert Sand déclara qu'il verrait l'homme, et l'homme fit son apparition.

Pas même la petite maîtresse la plus blasée n'aurait dit que le nouveau venu était trop poli. Il avait des oreilles immenses, un visage de grenouille, et il fixait devant lui un regard d'une effrayante fixité que le Père Brown attribua à un œil de verre. Le prêtre était même tenté de l'imaginer pourvu de deux yeux de verre, tant le regard qu'il promenait sur l'assistance était vitreux. Mais l'expérience, plus terre à terre que l'imagination, pouvait suggérer plusieurs causes naturelles pour expliquer cette expression de figure de cire, l'une d'elles était l'abus du don divin des boissons fermentées. L'homme était petit et miteux; il tenait un grand chapeau melon d'une main et de l'autre une enveloppe cachetée.

Sir Hubert Sand le regarda et dit avec calme, mais d'une voix étrangement grêle et qui jurait avec sa corpulence et son maintien imposant.

— Oh! c'est vous!

Il tendit la main vers la lettre, jeta autour de lui un regard d'excuse, le doigt levé avant de l'ouvrir et de la lire. Puis, après l'avoir lue il la fourra dans sa poche et dit précipitamment, non sans dureté :

— Je suppose que la question est réglée comme vous le dites. Toutes négociations sont impossibles maintenant; d'ailleurs nous ne pouvons payer les salaires qu'ils exigent. J'aurai besoin de vous, Henry, pour achever de tout liquider.

— Bien! dit Henry un peu maussade. Il eût préféré peut-être procéder tout seul à cette liquidation. Je serai au n° 188 après le déjeuner; il faut que je sache ce qu'ils manigancent là-bas.

L'homme à l'œil de verre — en admettant qu'il eût un œil de verre — s'éloigna d'un pas raide. Les yeux du Père Brown — qui n'étaient pas de verre ceux-là — le suivirent pensivement pendant qu'il descendait les échelles et se perdait dans la rue.

Ce fut le lendemain matin que, par extraordinaire, le Père Brown ne se réveilla pas à son heure habituelle; ou du moins il se réveilla en sursaut avec la conviction qu'il était en retard... Il se rappelait vaguement, autant qu'on peut se rappeler un rêve, qu'il avait ouvert l'œil à une heure plus normale et s'était rendormi ; événement assez banal pour la plupart d'entre nous, mais très rare pour lui. Et plus tard il resta persuadé, avec son mysticisme, qui en temps normal le détournait du monde matériel, que dans cet îlot flottant dans le royaume des rêves, entre ses deux réveils, était cachée, comme un trésor enseveli, la solution de cette énigme. Quoi qu'il en soit, il se hâta de sauter du lit, enfila précipitamment ses vêtements, saisit son riflard mal roulé et s'élança dans la rue. Le jour morne et blême épandait ses premiers rayons froids comme de la glace pilée sur la grande maison noire. A la grande surprise du Père Brown, les rues brillaient, presque vides sous la clarté cristalline ; leur aspect même le rassura en lui indiquant que l'heure était moins tardive qu'il ne l'avait cru. Puis brusquement, fendant l'air silencieux à la manière d'une flèche, une longue auto grise passa et stoppa devant l'immeuble désert. Lord Stanes en sortit et s'approcha languissamment de la porte, deux grosses valises à bout de bras. Au même moment, la porte s'ouvrit et quelqu'un sembla reculer au lieu de sortir dans la rue. Par deux fois Stanes interpella l'homme sans que l'homme se décidât à se montrer sur le seuil de la porte ; puis, après un bref colloque, l'aristocrate gravit l'escalier, chargé de ses valises et l'autre s'avança en pleine lumière ; le prêtre reconnut les lourdes épaules et la tête de fouine du jeune Henry Sand.

Le Père Brown n'attacha aucune importance à cette rencontre bizarre, mais deux jours plus tard le jeune homme arriva dans son auto et le supplia d'y monter.

— Un grand malheur est arrivé, déclara-t-il, et j'aime mieux vous parler à vous qu'à Stanes. Vous savez que Stanes s'est amené l'autre jour avec l'idée saugrenue de camper dans un des appartements à peine terminés; c'est pour cela que j'ai été obligé de venir de bonne heure et de lui ouvrir la porte. Nous en reparlerons plus tard. Je vous demande de m'accompagner immédiatement chez mon oncle.

— Est-il malade? demanda le Père Brown.

— Je crois qu'il est mort, répondit le neveu.

— Vous croyez qu'il est mort! répéta vivement le Père Brown. Avez-vous vu un médecin?

— Non, répondit l'autre, je n'ai vu ni médecin ni malade... Inutile d'appeler des médecins pour examiner le corps parce que le corps a décampé. Malheureusement je ne sais où il s'est enfui. Nous gardons le secret depuis deux jours, mais il a disparu.

— Ne vaudrait-il pas mieux que vous me racontiez tout en commençant par le commencement? dit le Père Brown en douceur.

— Je le sais, riposta Henry Sand. C'est odieux de prendre ce ton cavalier pour parler de ce pauvre vieux, mais c'est l'effet que produit le désarroi. Je ne suis pas très habile à dissimuler les choses. Pour dire la vérité en deux mots comme en dix... eh bien, je m'en tiendrai à deux mots pour le moment. Le reste c'est ce qu'on pourrait appeler des jugements téméraires. C'est concevoir des soupçons au petit bonheur; le fin mot c'est que mon malheureux oncle s'est tué.

Pendant qu'il parlait, l'auto laissait derrière elle les dernières maisons de la ville et longeait la lisière de la forêt et du parc. Le pavillon du garde dans le petit domaine de Sir Hubert Sand se trouvait environ 750 mètres plus loin au milieu d'un épais bois de hêtres. Ce domaine se composait d'un petit parc et d'un grand jardin d'agrément qui, non sans pompe, descendait de terrasse en terrasse jusqu'au bord de la plus grande rivière de la région. Dès leur arrivée, Henry entraîna le prêtre dans la vieille maison qui datait des rois George et le fit sortir de l'autre côté ; en silence ils descendirent une pente assez abrupte entre deux talus fleuris ; la pâle rivière coulait à leurs pieds aussi plate que dans une perspective à vol d'oiseau. Ils tournaient le coin de l'allée sous une énorme urne grecque couronnée d'une guirlande de géraniums qui s'accordait assez mal avec elle, quand le Père Brown aperçut un peu plus bas, dans les arbres grêles, un mouvement rapide comme celui d'oiseaux effarouchés.

Dans le fouillis des jeunes arbres sur la berge, deux silhouettes semblèrent se séparer et s'enfuir. L'une d'elles s'esquiva sous l'ombre du feuillage, la seconde s'avança à leur rencontre. Les deux hommes firent halte et gardèrent un silence inexplicable ; puis Henry Sand dit de sa voix morne :

– Je crois que vous connaissez le Père Brown... Lady Sand.

En effet le Père Brown la connaissait, mais il aurait pu le nier sans faire une entorse à la vérité. Le visage pâle et crispé de la jeune femme ressemblait à un masque de tragédie. Elle était beaucoup plus jeune que son mari, mais à ce moment elle avait l'air plus vieille que tout ce que contenaient cette vieille maison et ce jardin. Le prêtre se rappela avec un frémissement subconscient qu'elle était bel et bien plus vieille de race et de lignée et que c'était à elle qu'appartenait le château. Les siens y avaient habité, aristocrates ruinés, avant qu'elle eût redoré son blason en épousant un homme aux poches pleines. Maintenant on eût pu la prendre pour un portrait – ou même un fantôme – de famille. Son visage livide avait cette forme pointue et cependant ovale que l'on voit à Marie Stuart sur de très vieilles toiles. Son expression était plus égarée encore que ne le justifiait l'extraordinaire aventure d'un mari disparu, et soupçonné d'avoir attenté à ses jours. Avec le même émoi, dans les régions subconscientes de son esprit, le Père Brown se demanda avec qui, tout à l'heure, elle causait sous les arbres.

— Vous connaissez tous sans doute l'horrible nouvelle, dit-elle avec un calme forcé. Mon pauvre Hubert n'a pu supporter cette persécution révolutionnaire; il a perdu la tête et s'est donné la mort. Je ne sais si vous pouvez faire quelque chose, ou si l'on peut accuser ces affreux bolchevistes de l'avoir acculé au suicide.

— Je suis profondément peiné, Lady Sand, dit le Père Brown, et je suis aussi, je l'avoue, un peu désorienté. Vous parlez de persécution; croyez-vous que quelqu'un a pu l'acculer au suicide en épinglant ce papier sur le mur?

— J'imagine qu'il y a eu d'autres persécutions en plus du papier, répondit la châtelaine dont le front s'assombrit.

— Cela montre les erreurs que l'on peut commettre, dit tristement le prêtre ; je n'aurais jamais cru Sir Hubert assez illogique pour se tuer afin d'éviter la mort.

— Moi non plus, répondit-elle en le regardant gravement. Je ne l'aurais jamais cru s'il ne l'avait écrit de sa propre main.

— Quoi? cria le Père Brown qui exécuta un saut de lapin atteint par une balle.

— Oui, expliqua Lady Sand, il a laissé un aveu de suicide ; ainsi, malheureusement, le doute n'est plus permis.

Elle monta la pente, inviolable dans son isolement de fantôme. Les lunettes du Père Brown se tournèrent dans un geste de muette interrogation vers le pince-nez de M. Henry Sand ; après une brève hésitation le jeune homme prit la parole comme s'il piquait une tête à l'aveuglette.

— Oui, c'est clair comme le jour. Mon oncle était excellent nageur et tous les matins il descendait ici, en robe de chambre, pour une trempette dans la rivière. Il est venu comme d'habitude et il a laissé sa robe de chambre sur la berge. Elle y est encore : mais il a également laissé un message pour dire qu'il allait à sa dernière baignade et ensuite à la mort ou quelque chose de ce goût-là.

— Où a-t-il laissé ce message? demanda le Père Brown.

— Il a griffonné sur cet arbre penché sur l'eau, là-bas. C'est sans doute le dernier objet qu'il a touché ; la robe de chambre est à côté ; allez voir par vous-même.

Le Père Brown descendit en courant les quelques mètres qui les séparaient de la rive et scruta l'arbre incliné dont le panache de feuillage effleurait l'eau et, en effet, sur l'écorce lisse il aperçut quelques mots tracés assez nettement pour qu'il n'y eût aucune équivoque :

« Un dernier plongeon et puis la mort. Adieu. Hubert Sand. »

Le regard Père Brown parcourut lentement la berge et se posa sur un vêtement fastueux, tout rouge et jaune, avec une cordelière dorée, abandonné là comme une vieille défroque. C'était la robe de chambre et le prêtre la ramassa et l'examina sur toutes les coutures. Tandis qu'il était ainsi occupé, une silhouette traversa en un éclair son champ de vision. Une silhouette haute et noire qui glissait d'un bouquet d'arbres à l'autre, comme si elle suivait la trace de Lady Sand. C'était, le Père Brown n'en douta pas un instant, le compagnon qu'elle avait quitté quelques instants auparavant et il reconnut avec autant de certitude le secrétaire du défunt, M. Rupert Rae.

— Bien sûr, au dernier moment, il a pu penser à laisser un message, dit le Père Brown sans lever la tête, les yeux fixés sur la robe rouge et dorée. Nous avons tous entendu parler de messages amoureux gravés sur les arbres ; pourquoi ne leur confierait-on pas aussi les messages de mort ?

— Il n'avait rien dans les poches de sa robe de chambre, je suppose, remarqua Sand, et on peut bien griffonner quelques lignes sur les arbres quand on n'a ni plume, ni encre, ni papier.

— On lit des phrases de ce genre dans les livres d'exercices français, dit le prêtre d'un ton

lugubre, mais ce n'était pas à cela que je pensais.
 Et après une hésitation il reprit d'une voix altérée.
 — A vrai dire, je me demande si, en certaines circonstances, un homme ne griffonnerait pas ce message sur un arbre, même s'il avait des douzaines de plumes, des litres d'encre, des rames de papier.
 Henry le regarda un peu effrayé, son pince-nez perché sur son nez pointu.
 — Qu'entendez-vous par cela? demanda-t-il sèchement.
 — Eh bien! répondit le Père Brown, je ne veux pas dire que les facteurs ont l'habitude de porter des lettres sous forme de bûches, ou que pour écrire un mot à un ami vous collez un timbre sur un pin. Il faudrait des circonstances particulières, il faudrait aussi un homme particulier pour préférer cette correspondance forestière. Mais, étant donné les circonstances et l'homme, je maintiens mes paroles; il écrirait sur un arbre, comme dit la chanson, si l'univers entier était de papier, si la mer était d'encre, si cette rivière roulait éternellement des flots d'encre, si ces bois étaient transformés en forêt de plumes d'oie ou de stylos.
 Ces métaphores donnaient la chair de poule à Sand, soit qu'il les trouvât incompréhensibles, soit qu'il commençât à les comprendre.
 — Voyez-vous, dit le Père Brown, en tournant la robe de chambre en tous sens, on ne demande pas à un homme de s'appliquer à son écriture quand il burine une inscription sur un arbre et si l'homme n'était pas l'homme... Pour être plus clair... Tiens!

Il regarda la robe de chambre pourpre un moment et on eût pu croire qu'un peu de ce rouge avait déteint sur son doigt. La pâleur des deux visages penchés sur le vêtement s'accentua.

– Du sang! dit le Père Brown.

Un silence de mort s'abattit autour d'eux, rompu seulement par le chantonnement monotone de la rivière.

Henry Sand éclaircit son gosier et son nez avec des bruits qui n'étaient rien moins que mélodieux, puis il demanda d'une voix rauque.

– Le sang de qui?

– Oh! le mien, dit le Père Brown sans sourire.

Quelques secondes après il expliqua :

– Il y avait une épingle là-dedans et je me suis piqué. Cette épingle, ça ne vous dit rien? A moi, si.

Et il suça son doigt comme un enfant.

– Voyez-vous, dit-il après un autre silence, la robe était pliée et épinglée, personne n'a pu la déplier, du moins sans s'égratigner. Pour parler plus clairement, Hubert Sand n'a pas porté cette robe de chambre, pas plus qu'Hubert Sand n'a écrit sur cet arbre ou qu'il ne s'est noyé dans la rivière.

Le pince-nez en équilibre sur le nez de fouine d'Henry tomba avec un petit bruit sec; mais le jeune homme resta immobile, pétrifié par la surprise.

– Cela nous ramène au mystérieux personnage qui, à l'instar de Hiawatha, se plaît à griffonner sa correspondance privée sur les arbres, reprit gaiement le Père Brown. Sand avait eu tout son temps avant de se noyer, pourquoi n'a-t-il pas laissé une lettre pour sa femme, comme un homme sensé... pourquoi l'autre homme n'a-t-il pas laissé une lettre pour l'épouse comme un homme sensé? Parce qu'il aurait été obligé d'imiter l'écriture du mari; c'est un petit truc rudement risqué avec tous ces experts qui se mêlent de ce qui ne les regarde pas. Mais on ne demande à personne d'imiter sa propre écriture, encore moins celle d'un autre, quand on écrit des majuscules sur l'écorce d'un arbre. Il ne s'agit pas d'un suicide, monsieur Sand, si votre oncle est bien mort, il a été assassiné.

Les fougères et les broussailles se séparèrent avec un bruissement : le jeune homme en surgissait comme un mastodonte et il s'immobilisa, tête baissée, le cou en avant.

— Je n'ai pas le talent de dissimuler les choses. Je soupçonnais à moitié ce qui allait se passer, je pouvais à peine être poli avec ce type; à vrai dire, je ne pouvais m'empêcher de leur faire la tête à tous les deux.

— Expliquez-vous plus clairement, demanda gravement le prêtre en le regardant bien en face.

— Eh bien, dit Henry Sand, vous m'avez démontré l'assassinat et moi je crois que je peux vous montrer les assassins.

Le Père Brown garda le silence et l'autre continua d'une voix saccadée :

— Vous dites que les gens quelquefois écrivent des messages d'amour sur les arbres; eh bien, il y en a plusieurs sur cet arbre-là. Il y a deux monogrammes enlacés ensemble sous les feuilles. Vous savez sans doute que Lady Sand a hérité de ce château avant son mariage et elle connaissait déjà ce sacré gandin de secrétaire. Je suppose qu'ils se donnaient rendez-vous ici et écrivaient leurs serments sur l'écorce. Plus tard l'arbre leur a servi à autre chose ; raisons sentimentales, sans doute, ou économie.

— Il faudrait que ce soient des monstres, observa le Père Brown.

— N'y a-t-il jamais de monstres dans l'histoire ou dans les annales de la police ? demanda Sand en proie à une violente surexcitation. Des amants n'ont-ils pas rendu l'amour plus horrible que la haine ? N'avez-vous pas entendu parler de Bothwell ? Ne connaissez-vous pas les légendes sanglantes qui sont nées de son amour ?

— Je connais la légende de Bothwell, répondit le prêtre, je sais aussi que c'est une simple légende. Mais il est vrai que de temps en temps des maris ont été supprimés. A ce propos qu'a-t-on fait de lui ? C'est-à-dire, où ont-ils caché son corps ?

— Je suppose qu'ils l'ont noyé ou jeté à l'eau après la mort, grommela le jeune homme.

Le Père Brown cligna pensivement des yeux et dit :

— Une rivière est un lieu rêvé pour cacher un corps imaginaire ; c'est l'endroit le plus mal choisi pour cacher un corps réel. On peut facilement vous accuser de l'avoir jeté dedans parce qu'il est possible que le courant l'ait entraîné jusqu'à la mer. Mais en réalité, il y a quatre-vingt-dix-neuf chances sur cent pour qu'il n'en fasse rien et que le macchabée vienne échouer sur le rivage. Je crois qu'ils ont trouvé un meilleur moyen de se débarrasser du cadavre, sans cela il aurait déjà été retrouvé et s'il portait des marques de violence...

– Zut! Qu'importe le corps! s'écria Henry avec irritation. Le message écrit sur cet arbre diabolique n'est-il pas un témoignage suffisant?

– Dans un assassinat, le corps est le principal témoignage, répondit l'autre. Neuf fois sur dix, le problème, c'est de retrouver le corps.

Il y eut un silence; le Père Brown continua à tourner la robe de chambre rouge et à l'étaler sur l'herbe brillante du rivage ensoleillé. Il tenait la tête baissée; depuis quelques instants il avait l'impression que le paysage était assombri par la présence d'un troisième personnage, immobile comme une statue.

– A propos, dit-il en baissant la voix. Parlons un peu de l'individu à l'œil de verre qui, hier, a apporté la lettre à votre pauvre oncle. Sir Hubert a eu l'air bouleversé par sa lecture. C'est pour cela que je n'ai pas été très surpris du suicide; ou je me trompe fort ou ce type est un détective privé de bas étage.

– Pourquoi pas? dit Henry avec une hésitation. Ce n'est pas la première fois qu'un mari paierait un détective pour s'assurer de ses mésaventures conjugales; sans doute a-t-il eu la preuve de la trahison, et il...

– Ne parlez pas si haut, dit le Père Brown. Votre détective nous guette, là-bas, derrière ces buissons.

Ils levèrent les yeux et le gnome à l'œil de verre

fixait bien sur eux ses antipathiques prunelles, plus grotesque que jamais au milieu des fleurs blanches et pâles de ce jardin tiré au cordeau.

Henry Sand s'élança avec une agilité surprenante vu sa corpulence et demanda violemment à l'homme ce que diable il faisait là et du même souffle lui enjoignit de ficher le camp.

— Lord Stanes, dit le gnome, serait très reconnaissant si le Père Brown voulait bien le rejoindre dans la maison.

Henry Sand, furieux, pivota sur ses talons, mais le prêtre attribua sa fureur à l'antipathie notoire du jeune homme et de l'aristocrate. Tout en remontant la pente, il fit halte, comme s'il traçait des dessins sur l'écorce lisse de l'arbre, jeta un regard sur les hiéroglyphes presque invisibles qui perpétuaient un souvenir d'amour, puis s'attarda à considérer les grosses lettres informes de ce qui pouvait passer pour un aveu de suicide.

— Ces lettres ne vous rappellent rien? demanda-t-il.

Henry Sand secoua la tête d'un air maussade et le prêtre ajouta :

— Elles me rappellent l'écriture de l'affiche qui menaçait votre oncle de la vengeance des grévistes.

— C'est l'énigme la plus épineuse, l'histoire la plus singulière que j'aie jamais eu à débrouiller, disait le Père Brown un mois plus tard.

Il était assis en face de Lord Stanes dans un appartement du n° 188 aux meubles flambant neufs. Cet appartement avait été le dernier terminé avant la grève. Il était confortable et luxueux. Lord Stanes offrait à son hôte un grog et des cigares tandis que le prêtre faisait cet aveu avec une grimace. Lord Stanes se montrait plus amical qu'on n'eût pu l'attendre d'un homme si froid et si blasé.

— Ce n'est pas peu dire, étant donné votre carrière, dit Stanes ; mais certainement les détectives, y compris notre séduisant ami à l'œil de verre, n'ont pas l'air de voir la solution.

Le Père Brown posa son cigare et dit en détachant chaque syllable :

— Ce n'est pas qu'ils ne voient pas la solution ; ils ne voient pas le problème.

— Et je me demande si je le vois mieux qu'eux, riposta l'autre.

— C'est en cela que le problème ne ressemble en rien aux autres, dit le Père Brown. On dirait que le criminel, à dessein, a commis deux actes différents qui séparément auraient pu réussir mais qui se nuisaient l'un à l'autre. Je crois fermement que la menace de mort et l'aveu du suicide écrit sur l'arbre sont de la même main. Vous allez protester que la menace a pu avoir un auteur prolétaire, que certains ouvriers extrémistes ont eu envie d'expédier leur patron dans un monde meilleur et ont mis leur projet à exécution. Même si c'était vrai, ce serait encore un mystère que quelqu'un ait laissé un témoignage de suicide. Mais ce n'est pas vrai. Malgré leur hargne, les ouvriers n'étaient pas capables de meurtre. Je les connais très bien, eux et leurs meneurs. Supposer que Tom Bruce ou Hogan pouvaient supprimer un homme qui leur servait de tête de turc, contre qui ils se préparaient à déclencher une violente campagne de presse, c'est de la démence. Non, l'assassin n'était pas un ouvrier indigné, mais a d'abord joué le rôle d'un ouvrier indigné et ensuite celui d'un patron suicidomane. Nom d'une pipe! pourquoi? S'il croyait que le suicide passerait comme une lettre à la poste, pourquoi tout gâcher d'avance par une menace de mort? Vous me direz qu'il a pensé après coup à l'histoire du suicide et l'a jugée moins dangereuse que l'histoire d'assassinat; mais il n'aurait pas fallu commencer par l'histoire d'assassinat. Il aurait dû comprendre qu'il nous avait déjà aiguillés vers l'idée de crime, alors qu'il aurait dû faire tous ses efforts pour nous en détourner. Cette inspiration subite ne me paraît pas du tout géniale et mon avis est, pourtant, que l'assassin était un type très fort. Y comprenez-vous quelque chose?

— Non. Mais vous aviez raison de dire que je ne voyais pas le problème, approuva Stanes. Il ne s'agit pas seulement de savoir qui a tué Sand; la question est celle-ci : pourquoi quelqu'un a-t-il accusé une autre personne d'avoir tué Sand, pour accuser ensuite Sand de suicide?

Le visage du Père Brown était soucieux; il serrait entre ses dents un cigare dont le bout rougeoyait et s'assombrissait alternativement, comme pour suivre la cadence d'une pensée enfiévrée.

— Il faut examiner tout cela de très près pour le tirer au clair. Il s'agit, pour ainsi dire, de séparer les fils de la pensée. Puisque la menace de mort allait à l'encontre de l'aveu de suicide, normalement notre homme n'aurait pas dû la proférer; il avait donc une raison; et une raison si forte qu'il affrontait le risque de rendre le suicide invraisemblable; En d'autres termes, la menace de mort n'était pas une menace de mort, ou plutôt il n'en faisait pas une accusation, il ne l'employait pas pour faire croire à l'assassinat, il ne cherchait pas à rejeter sur un autre la responsabilité du crime. Il avait quelque raison diabolique à lui. La proclamation était nécessaire par elle-même, mais pourquoi?

Pendant quelques minutes son cigare passa du rouge au noir avec une violence volcanique.

– A quoi pouvait servir cette proclamation homicide si elle n'accusait pas les grévistes? Et quel fut son résultat? Cela saute aux yeux; le résultat fut le contraire de ce qu'elle demandait; elle enjoignait à Sand de ne pas fermer les ateliers et les chantiers et c'était peut-être la seule chose au monde qui pouvait l'y décider. Pensez à sa réputation. Quand un homme est appelé l'Homme à poigne dans les journaux, quand les imbéciles les plus distingués le considèrent comme un sportif et un beau joueur, il ne peut pas caner devant la menace d'un revolver. Autant vaudrait se balader à Ascot avec un panache de plumes à son chapeau blanc. C'eût été briser cette idole ou cette image idéale de soi-même que tout être, qui n'est pas un pleutre achevé, porte en lui et préfère à la vie. Et Sand n'était pas un pleutre; il était courageux, il était aussi impulsif. La menace fit un effet magique; le neveu, qui jusque-là avait pris fait et cause pour les ouvriers, cria spontanément qu'il fallait braver les assassins.

— Oui, dit Lord Stanes, je l'ai remarqué.

Les deux hommes échangèrent un regard, puis Stanes ajouta d'un ton négligent :

— Donc, à votre avis, ce que le criminel désirait, c'était...

— La fermeture des ateliers, cria le prêtre avec énergie, la grève, donnez-lui le nom que vous voudrez, en tout cas la cessation immédiate du travail ; il fallait arrêter immédiatement les travaux. Il souhaitait peut-être l'arrivée des Jaunes, en tout cas, le départ immédiat des syndiqués. Voilà ce qu'il désirait. Dieu sait pourquoi ! Et que cette menace supposât l'existence d'assassins bolchevistes, il s'en moquait comme de l'an quarante. Mais je crois qu'il y a eu quelque anicroche. Tout cela, ce sont des hypothèses, je tâtonne dans les ténèbres ; la seule explication qui me vienne à l'esprit c'est que quelque chose commença à attirer l'attention sur le véritable siège du mal, c'est-à-dire la raison pour laquelle il désirait le renvoi des ouvriers. Et alors, tardivement, en désespoir de cause, contre toutes les règles de la logique, il eut recours à cette autre piste qui conduisait vers la rivière, simplement pour détourner les recherches du bâtiment en construction.

Le Père Brown leva les yeux, et, à travers ses lunettes rondes comme deux petites lunes, il contempla le décor et le mobilier de la pièce où régnait le luxe discret d'un homme de goût. Un seul détail choquait ; les deux valises avec lesquelles Lord Stanes était arrivé si récemment dans un appartement encore sans meubles, pour en essuyer les plâtres.

— En un mot, dit brusquement le prêtre; l'assassin a été effrayé par quelque chose ou quelqu'un dans cet appartement. A propos, pourquoi êtes-vous venu habiter ici ? Maintenant que j'y pense, Henry Sand m'a dit que vous lui aviez donné rendez-vous ici de grand matin le jour où vous avez pris possession des lieux. Est-ce vrai ?

— Pas le moins du monde, dit Stanes. La veille son oncle m'avait donné la clef. J'ignore pourquoi Henry est venu ce matin-là.

— Je le devine, dit le Père Brown. J'avais eu l'impression que votre arrivée l'avait désagréablement surpris au moment où il sortait.

— Et moi aussi je suis un mystère pour vous ? dit Stanes, avec une lueur dans ses yeux d'un gris verdâtre.

— Il y a dans votre vie un double mystère, riposta le Père Brown; le premier c'est que vous ayez rompu votre association avec Sand, le second c'est que vous soyez venu habiter l'immeuble de Sand.

Stanes fuma pensivement, fit tomber les cendres de son cigare et agita une sonnette.

— Si vous le permettez, dit-il, je vais convoquer deux autres personnages à ce conseil de guerre. Jackson, le petit détective que vous connaissez, répondra à cet appel; j'ai demandé à Henry Sand de venir un peu plus tard.

Le Père Brown se leva, traversa la pièce et, les sourcils froncés, contempla l'âtre.

— En attendant, je ne vois pas d'inconvénient

à répondre à vos questions, poursuivit Stanes. J'ai quitté l'affaire parce que je flairais quelque chose de louche; j'étais sûr que quelqu'un volait l'argent. Je suis revenu et j'ai pris cet appartement parce que je voulais être sur place pour chercher à découvrir la vérité sur la mort de mon ancien associé.

Le Père Brown se retourna au moment où le détective entrait dans la pièce. Les yeux fixés sur le tapis, il répéta :

— Sur place !

— M. Jackson vous dira que Sir Hubert lui avait confié la mission de mettre la main au collet du voleur qui chapardait les bénéfices, expliqua Stanes. Il a apporté le résultat de son enquête la veille de la disparition d'Hubert.

— Oui, dit le Père Brown, et je sais maintenant où il a disparu; je sais où est son corps.

— Qu'est-ce à dire ? commença son hôte.

— Il est ici, dit le Père Brown, en tapant du pied le tapis. Ici, sous cette élégante carpette de Perse, dans cette pièce luxueuse et douillette.

— Comment diable l'avez-vous découvert ?

— Je m'en souviens à l'instant, dit le Père Brown, je l'ai découvert dans mon sommeil.

Il ferma les yeux comme pour retrouver un rêve et continua rêveusement.

— Comment cacher le corps ? Voilà l'épineux problème de cette histoire d'assassinat; et j'ai trouvé la solution dans mon sommeil. Chaque jour c'était le vacarme des ouvriers dans cette maison qui m'éveillait. Ce matin-là j'ai ouvert un œil et je me suis rendormi. Réveillé une seconde fois j'ai cru qu'il était très tard; je me trompais. Pourquoi ? Parce que des coups de marteau avaient résonné bien que le travail fût arrêté; des coups de marteau brefs et précipités à une heure indue avant l'aube. Automatiquement un dormeur est alerté par un bruit aussi familier, mais il se rendort parce que le bruit habituel n'est pas à l'heure habituelle. Or, pourquoi un criminel de fraîche date désirait-il faire cesser le travail et embaucher une nouvelle main-d'œuvre? Parce que si les anciens ouvriers étaient revenus le lendemain, ils se seraient aperçus qu'une partie de leur besogne avait été exécutée pendant la nuit. Ils savaient où ils en étaient restés. Ils auraient trouvé le dallage de cette pièce complètement fixé, et fixé par un homme qui s'y entendait, qui avait passé beaucoup de son temps avec eux et connaissait leur méthode.

Comme il achevait ces mots, la porte s'entrouvrit et une tête s'avança d'un mouvement agressif; une petite tête plantée sur un cou épais avec des yeux clignotant derrière un pince-nez.

— Henry Sand m'a dit qu'il n'était pas habile à dissimuler les choses, observa le Père Brown, le regard au plafond. Il ne se rendait pas justice.

Henry Sand fit demi-tour et s'éloigna d'un pas rapide.

— Non seulement il a dissimulé ses vols pendant des années, reprit le prêtre d'un air distrait, mais quand son oncle a découvert le pot aux roses, il a caché le corps de son oncle d'une façon toute nouvelle et fort originale.

A cet instant Lord Stanes agita la sonnette qui

fit entendre un carillon strident. Le petit homme à l'œil de verre fut propulsé ou lancé dans le corridor à la poursuite du fugitif avec le mouvement rotatif d'un jouet mécanique. En même temps le Père Brown courut à la fenêtre, se pencha au balcon et aperçut cinq ou six policiers qui quittaient leurs cachettes derrière des buissons ou des grilles et se déployaient en forme d'éventail ou de filet. Ils se refermèrent autour de l'homme qui avait jailli de la maison comme un boulet de canon. Mais en réalité, le prêtre ne voyait que les grandes lignes du drame qui avait eu pour théâtre la pièce où il se trouvait. C'était là qu'Henry avait étranglé Hubert, c'était là qu'il l'avait caché sous les dalles de ciment, après avoir, au préalable, interrompu tous les travaux. Une piqûre d'épingle avait éveillé les soupçons du prêtre et lui avait simplement révélé qu'il était la dupe d'une série de mensonges. La seule importance de l'épingle, c'était de n'en pas avoir.

Et le Père Brown se flattait d'avoir enfin pénétré Stanes. C'était un original de plus à ajouter à sa collection. A cet aristocrate blasé il avait octroyé du sang vert; en réalité, l'ecclésiastique s'en rendait compte maintenant, une espèce de flamme verte et sans chaleur de conscience morale ou d'honneur conventionnel brûlait dans son cœur. Il avait abandonné une affaire louche, puis honteux de s'être enfui et d'avoir laissé la responsabilité aux autres il était revenu comme un détective scrupuleux et blasé. Il avait planté sa tente à l'endroit même où le corps avait été enterré. L'assassin qui le voyait flairer l'air si près de sa victime, perdant la tête, avait précipitamment inventé l'histoire de la robe de chambre et du noyé. Tout cela était clair comme le jour. Mais avant de rentrer la tête et de quitter l'air nocturne et les étoiles, le Père Brown leva les yeux et jeta un regard à la masse sombre de l'édifice colossal qui, au-dessus de lui, se perdait dans la nuit. Il songea à l'Égypte et à Babylone, à tout ce qu'il y a à la fois d'éternel et d'infernal dans l'œuvre humaine.

— Je ne m'étais pas trompé, murmura-t-il. Cela me rappelle le poème de François Coppée sur le Pharaon et la Pyramide. Cette maison devait abriter cent foyers et, après tout, cette montagne de pierre n'est que le tombeau d'un seul homme.

L'INSOLUBLE PROBLÈME

Cet incident étrange, le plus singulier peut-être de la carrière du Père Brown, eut lieu à une époque où Flambeau, l'ami français du petit prêtre, venait de quitter le métier de criminel pour embrasser avec ardeur celui de détective. Or, comme voleur et comme gendarme, Flambeau jouissait de la réputation d'être sans rival dans l'art de repérer les joyaux et les voleurs de joyaux. Ce don particulier lui ayant valu une mission particulière, il téléphona à son ami le matin où débute cette histoire.

Le Père Brown fut ravi d'entendre la voix de son vieil ami, même au téléphone, bien que d'une façon générale et surtout à ce moment, il eût peu d'estime pour cet instrument. Il préférait observer le visage des gens et respirer la même atmosphère qu'eux et savait que, réduits à eux-mêmes, les messages verbaux risquent d'induire en erreur spécialement s'ils viennent des gens qu'on ne connaît ni d'Ève ni d'Adam. Et ce matin-là une ribambelle d'inconnus avaient, dans un bruit de friture, susurré à ses oreilles des messages sans intérêt; le téléphone semblait accaparé par le démon de la banalité. Peut-être la voix la plus distincte fut-elle celle qui demanda s'il délivrait des autorisations d'assassinat et de vol contre paiement, selon un tarif régulier, affiché dans son église; informé que tel n'était pas le cas, l'inconnu avait mis fin au colloque avec un rire caverneux d'où l'on put présumer qu'il restait sceptique. Puis une voix de femme nerveuse et saccadée adjura le Père Brown de se rendre immédiatement dans un certain hôtel qu'il connaissait de nom sur la route d'une ville épiscopale des environs. Quelques secondes après la requête, la même voix, plus agitée et plus saccadée encore, donnait un contre-ordre et déclarait qu'il n'avait pas besoin de se déranger. En intermède une agence de presse demanda s'il était de l'avis de certaine vedette de cinéma qui proclamait hautement son goût pour les hommes à moustache. Puis, pour la troisième fois, la voix nerveuse et saccadée retentit à l'autre bout du fil pour implorer de nouveau son aide. Le prêtre attribua vaguement ces hésitations et cette panique au déséquilibre assez fréquent chez les femmes vouées au pédantisme. Mais il poussa un soupir de soulagement lorsque Flambeau clôtura la série d'appels et, d'une voix joviale, menaça de s'inviter pour le petit déjeuner.

Le Père Brown avait une préférence marquée pour les longues parlotes que l'on entame dans un bon fauteuil, la pipe au bec. Mais le visiteur était sur le sentier de la guerre et débordant d'énergie venait l'enlever, pieds et poings liés, et l'entraîner dans une de ses expéditions. Il est vrai qu'il s'agissait de circonstances particulières bien propres à captiver l'attention du prêtre. Plus d'une fois, récemment, Flambeau avait réussi à contrecarrer les plans des voleurs de joyaux célèbres ; il avait arraché le diadème de la duchesse de Dulwich aux mains des cambrioleurs qui déguerpissaient par le jardin. Il avait tendu un piège ingénieux aux bandits qui avaient projeté de faire main basse sur l'incomparable collier de saphirs, et l'artiste en question avait décampé avec le collier faux destiné à prendre la place du vrai.

Telles étaient sans doute les raisons pour lesquelles il était commis à la garde d'un trésor tout différent dont la valeur intrinsèque, peut-être plus grande encore, était dépassée par la valeur morale. Un reliquaire de réputation mondiale qui contenait, disait-on, une relique de sainte Dorothée, vierge et martyre, allait être remis au monastère catholique d'une ville épiscopale, et le plus illustre des voleurs de bijoux internationaux avait jeté son dévolu sur lui, probablement pour l'or et les rubis de la châsse, plutôt que pour sa réputation hagiographique. Par association d'idées, Flambeau avait senti que le prêtre ferait un compagnon d'aventures idéal ; en tout cas il fondit sur lui, tout feu tout flamme, dévoré d'impatience, et d'une haleine lui exposa ses projets pour mettre des bâtons dans les roues du voleur.

Campé devant la cheminée, les jambes écartées dans une attitude de mousquetaire, Flambeau crânait et tortillait sa moustache conquérante.

– C'est impossible, cria-t-il, faisant allusion aux quatre-vingt-dix kilomètres qui les séparaient de Casterbury, c'est impossible que vous laissiez accomplir sous votre nez un vol aussi impie.

La relique ne devait atteindre le monastère que le soir, rien n'obligeait ses champions à arriver plus tôt ; le trajet en auto prendrait d'ailleurs une grande partie de la journée. Le Père Brown remarqua négligemment qu'il aimerait déjeuner dans une auberge où il avait été convoqué d'urgence.

Tandis qu'ils roulaient dans la campagne boisée et peu habitée où les auberges et les maisons devenaient de plus en plus rares, en pleine chaleur de midi, la lumière s'assombrit, tourna très vite au crépuscule orageux et de sombres nuages violets se rassemblèrent au-dessus des forêts grisâtres. Dans cette atmosphère pesante et blafarde, les couleurs du paysage prirent cet éclat furtif que n'ont pas les objets à la clarté du soleil ; un feu sombre semblait couver dans les feuilles rouges et dans les champignons doré et orange. Sous ce demi-jour, les voyageurs arrivèrent à une éclaircie dans les bois, pareille à une crevasse dans un mur gris et aperçurent plus loin, dominant la brèche, l'auberge haute et un peu étrange qui portait le nom de « Dragon Vert ».

Les deux vieux amis étaient souvent arrivés ensemble dans des auberges ou autres habitations pour y trouver un singulier gâchis ; mais rarement cette singularité s'était signalée aussitôt. L'auto était encore à quelques centaines de mètres de la porte verte assortie aux contrevents verts de la maison haute et étroite, lorsque cette porte s'ouvrit avec violence et une femme à la tignasse

rousse en désordre s'élança à leur rencontre, comme si elle avait l'intention de sauter dans la voiture en pleine marche. Elle n'attendit pas que Flambeau eût stoppé pour encadrer son visage blanc et tragique dans la portière et pour crier :
— Êtes-vous le Père Brown ?
Et du même souffle elle ajouta :
— Qui est cet homme ?
— Le nom de ce monsieur est Flambeau, répondit le Père Brown, le plus tranquillement du monde. Que puis-je faire pour vous ?
— Entrez dans l'auberge, dit-elle avec une brusquerie extraordinaire, même en pareille circonstance ; un assassinat a été commis.

Ils mirent pied à terre en silence et la suivirent jusqu'à la porte verte qui s'ouvrit intérieurement sur un passage vert foncé, formé d'échalas et de piliers de bois où s'enroulaient des vignes et du lierre aux feuilles carrées de couleur sombre allant du cramoisi au noir. Une autre porte franchie, ils se trouvèrent dans une vaste salle ; les murs étaient ornés de trophées rouillés et d'armes qui remontaient à l'époque des Cavaliers ; les meubles étaient démodés et en désordre, et la pièce était un véritable capharnaüm. Les deux hommes, le souffle coupé, eurent l'impression qu'un des vieux meubles se soulevait et s'avançait vers eux, tant était poussiéreux, minable, lourd et gauche, l'homme qui renonçait à une immobilité où il était, semblait-il, figé depuis des siècles.

Chose assez étrange, une fois délogé, il montra assez de souplesse d'échine pour se confondre en courbettes et il faisait penser à un escabeau courtois ou à un obséquieux séchoir à serviettes. Flambeau et le Père Brown n'avaient jamais vu un individu aussi difficile à situer. Ce n'était pas un homme du monde ; il avait pourtant le raffinement et la sécheresse d'un intellectuel, mêlés à l'allure équivoque d'un déclassé ; pourtant il sentait le rat de bibliothèque plutôt que le bohème. Il était maigre, pâle, avec un nez pointu, une barbe noire en pointe, son front était chauve, mais par-derrière ses cheveux pendaient en mèches graisseuses ; l'expression de ses yeux était presque entièrement dissimulée par des lunettes bleues. Le Père Brown avait le souvenir d'avoir connu quelqu'un de ce genre dans le temps jadis, mais son nom lui avait échappé. Le fatras qui l'entourait était en grande partie un fatras littéraire, en particulier des piles de brochures du XVIIe siècle.

— Si j'ai bien compris cette dame, déclara gravement Flambeau, un meurtre a été commis ici.

La dame agita sa tête rousse d'un geste impatient. A l'exception de sa rutilante chevelure emmêlée, elle avait repris un aspect presque normal. Sa robe noire ne manquait ni de dignité ni d'élégance, ses traits énergiques étaient beaux ; la force physique et morale dont certaines femmes sont abondamment pourvues émanait d'elle, et elle présentait ainsi un frappant contraste avec l'homme à lunettes bleues. Toutefois ce fut lui qui répondit ; il intervint d'un air de galanterie surannée.

— Il est vrai, expliqua-t-il, que ma malheureuse belle-sœur est encore sous le coup d'une émotion effroyable. Je regrette de n'avoir pas fait moi-même la découverte, pour lui annoncer avec ménagement la terrible nouvelle. Par malheur c'est Mrs Flood elle-même qui a trouvé mort dans le jardin son vieux grand-père, depuis longtemps malade et cloué au lit. Les circonstances n'indiquent que trop clairement la violence de ce meurtre; ce sont des circonstances étranges, des circonstances tout à fait étranges.

Flambeau s'inclina devant la maîtresse de maison et lui exprima ses condoléances, puis il se tourna vers l'homme.

— Vous avez dit, je crois, monsieur, que vous êtes le beau-frère de Mrs Flood.

— Je suis le docteur Oscar Flood, répliqua l'autre. Mon frère, le mari de madame, voyage pour affaires sur le continent et elle dirige l'hôtel. Son grand-père était presque complètement paralysé et d'âge très avancé. On ne l'avait jamais vu quitter sa chambre, aussi il est extraordinaire que...

— Avez-vous prévenu un médecin ou la police ? demanda Flambeau.

— Oui, répliqua le docteur Flood. Nous avons téléphoné après avoir fait la terrible découverte. Mais personne n'arrivera avant quelques heures. Cette hôtellerie est à l'autre bout du monde. Elle n'est fréquentée que par les gens qui se rendent à Casterbury. Aussi avons-nous pris la liberté de vous demander votre aide jusqu'à ce que...

— Pour vous aider, dit le Père Brown d'un air rêveur qui masquait l'impolitesse de l'interruption, mieux vaut que nous allions jeter un coup d'œil sur les lieux.

Il s'avança presque machinalement vers la porte et se heurta à un homme qui entrait ; c'était un homme jeune, gros et lourd, dont les cheveux noirs ne connaissaient ni la brosse ni le peigne. Il eût été beau cependant sans la fixité d'un de ses yeux qui lui donnait une expression sinistre.

– Que diable faites-vous ? cria-t-il ; vous voilà en train de raconter à Pierre, Paul et Jacques... vous pourriez attendre la police.

– J'appartiens à la police, dit Flambeau solennellement, comme s'il prenait en main la situation.

Il fit un pas vers la porte et comme il dépassait de la tête le grand jeune homme et que ses moustaches étaient aussi formidables que les cornes d'un taureau espagnol, le grand jeune homme recula et eut l'air d'être jeté à la porte et mis à l'écart. Les trois autres se répandirent dans le jardin et montèrent le sentier carrelé vers un petit bois de mûriers.

Flambeau entendait le petit prêtre qui disait au docteur :

– On dirait que notre tête ne lui revient pas. Qui est-ce ?

– Son nom est Dunn, dit le docteur avec une certaine gêne ; ma belle-sœur l'a commis aux soins du jardin parce qu'il a perdu un œil à la guerre.

Ils pénétrèrent sous les mûriers ; le paysage offrait aux yeux cet éclat lourd de menace, habituel lorsque la terre est plus brillante que le soleil. Dans la clarté livide du soleil, les cimes des arbres se détachaient pareilles à de pâles flammes vertes sur un ciel que l'orage assombrissait et qui présentait toute la gamme des pourpres et des violets. La même lumière éclairait des étendues de la pelouse et des plates-bandes, et tout ce qu'elle touchait semblait plus sombre et plus mystérieux que le reste. Les plates-bandes étaient émaillées de tulipes qui faisaient l'effet de gouttes de sang; on aurait pu jurer que certaines étaient complètement noires; à l'extrémité de l'allée se dressait un tulipier qui était bien de circonstance; un vague souvenir poussa le prêtre à l'identifier avec un arbre de Judée et le mot Judée fit monter à ses lèvres le nom de Judas. Cette association d'idées était facilitée par le fait qu'à une des branches était suspendu, comme une fleur desséchée, le corps sec et maigre d'un vieillard dont la longue barbe flottait au vent.

Sur ce cadavre les ténèbres eussent été moins horribles que la lumière, car le soleil capricieux teintait l'arbre et l'homme de couleurs vives comme des accessoires de théâtre; l'arbre était vert et le cadavre vêtu d'une robe de chambre vert paon un peu fané et coiffé d'une calotte grecque d'un rouge écarlate. Il avait aussi des pantoufles rouges et l'une d'elles était tombée et flamboyait dans l'herbe comme une tache de sang.

Mais ni Flambeau ni le Père Brown n'étaient frappés par ce détail, ils n'avaient d'yeux que pour un étrange objet qui, semblait-il, sortait de la silhouette ratatinée du vieillard. Peu à peu ils reconnurent le manche noir et rouillé d'une dague du XVIIe siècle qui avait transpercé le corps de part en part. Tous deux restèrent cloués sur place et leur immobilité impatienta le docteur Flood.

— Ce qui m'intrigue le plus, dit-il en faisant claquer ses doigts, c'est l'état du corps ; cependant cela m'a déjà donné une idée.

Flambeau s'était approché de l'arbre et examinait la garde de l'épée avec une loupe. Ce fut le moment que choisit le prêtre, saisi du démon de la contradiction, pour pivoter sur lui-même comme une toupie, lui tourner le dos et scruter l'espace de l'autre côté. Il eut juste le temps d'apercevoir à l'autre bout du jardin la tête rousse de Mrs Flood, penchée vers un jeune homme brun, trop indistinct dans le lointain pour être identifié, qui enfourchait une motocyclette et disparut ne laissant derrière lui que l'écho des pétarades de son moteur. Alors la femme fit volte-face et traversa le jardin. Le Père Brown se retourna et commença un méticuleux examen de l'épée et du pendu.

— D'après ce que j'ai compris vous l'avez trouvé voici environ une demi-heure, dit Flambeau. Y avait-il quelqu'un ici quelques instants auparavant ? Je veux dire dans sa chambre, dans cette partie de la maison ou dans cette partie du jardin, mettons une heure avant.

— Non, affirma le docteur ; c'est une vraie tragédie. Ma belle-sœur était dans l'office qui est une sorte de dépendance de l'autre côté, Dunn travaillait dans le potager qui est devant, quant à moi je furetais au milieu de mes livres dans une pièce derrière la salle où vous m'avez rejoint. Nous avons deux servantes mais l'une est à la poste et l'autre se trouvait dans le grenier.

— Et parmi ces diverses personnes, demanda

Flambeau d'un ton presque indifférent, parmi ces diverses personnes n'y en avait-il pas une en mauvais termes avec ce pauvre vieux monsieur?

— Tout le monde l'adorait, répondit le docteur solennellement. Si quelques malentendus s'élevaient entre lui et son entourage, ils étaient sans gravité et assez banals à notre époque. Le vieillard tenait à ses vieilles habitudes religieuses; sa fille et son gendre avaient peut-être des opinions plus modernes et plus larges; cela n'a rien à voir avec un assassinat aussi horrible.

— Cela dépend de la largeur ou de l'étroitesse des opinions modernes, riposta le Père Brown.

A ce moment Mrs Flood traversa le jardin en poussant des cris d'appel; elle héla son beau-frère avec impatience. Il courut à elle et fut bientôt hors de portée de la voix, mais en s'éloignant il fit un geste d'excuse de la main et son long doigt montra le sol.

— Les empreintes de pas sont très mystérieuses, dit-il d'un air étrange d'entrepreneur de pompes funèbres.

Les deux détectives amateurs échangèrent un regard.

— Bien d'autres choses me paraissent étranges, remarqua Flambeau.

— Oh oui! approuva le prêtre, et il fixa sur l'herbe un regard un peu hébété.

— Je me demande, dit Flambeau, je me demande pourquoi après avoir pendu un homme par le cou jusqu'à ce que mort s'ensuive, on a pris la peine de le transpercer avec une épée.

— Et moi, dit le Père Brown, je me demande

pourquoi après avoir tué un homme d'un coup d'épée en plein cœur, on a pris la peine de le pendre par le cou.

— Oh! vous avez l'esprit de contradiction, protesta son ami. A première vue on voit bien qu'il n'a pas été poignardé vivant. Le corps aurait saigné davantage et la blessure ne se serait pas refermée ainsi.

— On voit à première vue, dit le Père Brown, qui, gêné par sa petite taille et sa myopie, levait la tête d'un geste gauche vers le cadavre, qu'il n'a pas été pendu vivant. Voyez le nœud coulant; il a été fait si maladroitement qu'il ne serre pas le cou et n'a pu étrangler le malheureux. Il était mort quand on l'a pendu et il était mort quand on l'a poignardé, comment donc a-t-il été tué?

— Le mieux est de retourner dans la maison, remarqua l'autre, nous jetterons un coup d'œil à sa chambre et à d'autres choses.

— C'est cela, dit le Père Brown; mais entre autres choses nous ne ferions pas mal de regarder ces empreintes. Commençons à l'autre bout; cette fenêtre là-bas appartient, je crois, à la chambre du mort. Eh bien! il n'y a pas d'empreintes sur le sentier carrelé et c'est assez normal, ou peut-être, au contraire tout à fait anormal. Ah! voici la pelouse juste sous la fenêtre et les traces sont très distinctes.

Les yeux mi-clos il contemplait les empreintes d'un air sinistre et il retourna lentement vers l'arbre. De temps en temps il faisait un plongeon un peu ridicule pour considérer de plus près le sol; enfin il rejoignit Flambeau et lui dit d'un ton amical :

— Savez-vous que l'histoire est écrite bel et bien en toutes lettres? Mais l'histoire elle-même n'est pas très belle.

— Pas très belle? Vous êtes modeste. Je la trouve très laide.

— Eh bien! dit le Père Brown, l'histoire qui est imprimée sur le sol avec les traces des pantoufles du vieillard est celle-ci : le vieux paralytique a sauté par la fenêtre, a couru sur les plates-bandes le long du sentier, tout folichon, tout émoustillé à l'idée d'être étranglé et poignardé; si émoustillé qu'il dansait à cloche-pied dans la joie de son cœur et de temps en temps faisait la cabriole.

— Taisez-vous, s'écria Flambeau indigné. Par tous les diables, que signifie cette infernale pantomime?

Le Père Brown leva les sourcils et d'un geste indiqua les hiéroglyphes dans la poussière.

— A mi-chemin une seule pantoufle a laissé son empreinte, à certains endroits on voit la marque d'une main bien étalée.

— N'a-t-il pu avancer clopin-clopant et tomber? demanda Flambeau.

Le Père Brown secoua la tête.

— En ce cas, pour se relever, il aurait eu recours à ses mains, ou à ses pieds, ou à ses genoux, ou à ses coudes. On n'en voit pas les traces. Bien entendu le sentier carrelé est tout près et les empreintes s'arrêtent là; pourtant on aurait pu en trouver sur la terre entre les pavés.

— Sapristi! il y a de quoi vous faire devenir fou! cria Flambeau.

Puis il promena un morne regard sur le jardin

morne et assombri par l'orage qui semblait le narguer.

— Et maintenant, dit le Père Brown, allons voir sa chambre.

Ils passèrent par une porte non loin de la fenêtre ; le prêtre tomba en arrêt devant un vulgaire balai de jardin, de ceux qui servent à balayer les feuilles, appuyé au mur.

— Voyez-vous ça ?

— C'est un balai, dit Flambeau avec une lourde ironie.

— C'est une gaffe, dit le Père Brown, la première gaffe que j'aperçois dans cet étrange complot.

Ils montèrent l'escalier et pénétrèrent dans la chambre du vieillard. Dès le premier coup d'œil ils y lurent clairement l'histoire de la famille et de ses désaccords. Depuis son arrivée le Père Brown avait l'impression qu'il se trouvait dans une demeure catholique. Les gravures et les statues de la chambre du grand-père prouvaient que toute la piété de la maisonnée s'était réfugiée chez lui et que les siens, pour un motif quelconque, étaient devenus païens. Mais ce n'était pas une raison suffisante pour expliquer un crime ordinaire, encore moins un crime aussi insensé.

— Zut ! alors, grommela-t-il, le plus extraordinaire là-dedans, c'est l'assassinat.

Et tandis qu'il prononçait ces paroles une lueur de compréhension éclaira son visage.

Flambeau s'était assis sur une chaise près de la table de chevet ; les sourcils froncés il contemplait trois ou quatre pilules blanches ou comprimés posés sur un petit plateau près d'une carafe.

— L'assassin – à quelque sexe qu'il appartienne – a une raison que nous ne pouvons comprendre pour vouloir nous faire croire que le mort a été étranglé ou poignardé, ou les deux, dit Flambeau. Il n'a été ni étranglé ni poignardé ; pourquoi a-t-on voulu nous donner cette impression ? L'explication la plus logique est qu'il est mort d'une façon particulière qui peut faire porter les soupçons sur une personne particulière. Supposons, par exemple, qu'il a été empoisonné et que l'un de ses proches a tout à fait la tête d'un empoisonneur.

— Notre ami à lunettes bleues est médecin, remarqua à mi-voix le Père Brown.

— Je vais examiner ces pilules, reprit Flambeau. Je ferai bien attention de ne pas les perdre. On dirait qu'elles sont solubles dans l'eau.

— Il vous faudra quelque temps pour les analyser, dit le prêtre. Le médecin légiste arrivera avant que vous ayez fini. Je vous conseille, en effet, de ne pas les perdre – en admettant, toutefois, que vous attendiez le médecin légiste.

— Je ne bougerai pas d'ici avant d'avoir résolu le problème, déclara Flambeau.

— Alors, vous resterez ici jusqu'à la fin de vos jours, dit le Père Brown, penché à la fenêtre. Moi, je ne crois pas que je resterai dans cette chambre.

— Vous voulez dire que je suis incapable de résoudre le problème, demanda son ami, et pourquoi ne le résoudrais-je pas ?

— Parce qu'il n'est pas soluble dans l'eau, pas plus d'ailleurs que dans le sang, riposta le prêtre.

Et il descendit l'escalier et sortit dans le jardin qui s'assombrissait. Là, il revit ce qu'il avait déjà vu de la fenêtre.

Dans la pénombre, le ciel menaçant pesait de tout son poids sur le paysage. Les nuages avaient triomphé du soleil qui, visible encore dans un espace bleu qui se rétrécissait à vue d'œil, était plus pâle que la lune. Le tonnerre grondait sourdement, l'air vibrait, mais il n'y avait pas le moindre souffle de vent; les couleurs du jardin disparaissaient dans les ténèbres et ne leur prêtaient qu'un relief plus accentué; mais une lueur rayonnait encore avec un éclat à peine assombri, et c'était la chevelure rousse de la maîtresse de maison, immobile, rigide, les yeux fixes, les mains crispées dans ses cheveux. Dans le trouble de son esprit ce paysage d'éclipse prit pour le Père Brown une valeur de symbole; quelques lignes obsédantes et mystiques remontèrent du fond de sa mémoire et presque malgré lui il murmura : « Un lieu secret, sauvage et magique, sous la lune à son déclin où une femme venait gémir et pleurer le démon qui avait été son amant »; et il grommela plus haut :

« Sainte Marie, mère de Dieu, priez pour nous, pauvres pécheurs... » C'est cela, c'est exactement cela : une femme qui gémit et pleure le démon qui avait été son amant.

D'un pas hésitant, les jambes flageolantes, il s'approcha de la femme et ce fut d'une voix calme qu'il parla; les yeux fixés sur elle, il lui enjoignit de ne pas se laisser aller au désespoir et d'oublier les détails déplaisants et grotesques de la tragédie.

— Les tableaux de la chambre de votre grand-père donnent de lui une idée plus exacte que l'affreux spectacle du jardin. Je suis sûr que c'était un brave homme ; peu importe ce que ses assassins ont fait de son corps.

— Oh ! je suis dégoûtée de ces statues et de ces images de piété, dit-elle en détournant la tête. Pourquoi ne se défendent-elles pas elles-mêmes si elles sont ce que vous dites ? Mais si des gredins sans foi ni loi cassent la tête de la Sainte Vierge ils ne sont pas foudroyés sur place. Oh ! tout cela c'est de la blague. Vous ne pouvez pas me blâmer, vous n'oserez pas me blâmer si nous avons découvert que l'homme est plus fort que Dieu.

— Allons, dit le Père Brown avec douceur, ce n'est pas généreux de reprocher à Dieu la patience qu'il nous témoigne.

— Dieu est peut-être patient, répondit-elle, et sans doute préférons-nous l'impatience. Vous appelez cela un sacrilège, mais vous ne pouvez y mettre un terme.

Le Père Brown sursauta.

— Un sacrilège, répéta-t-il.

Brusquement il se tourna vers la porte comme s'il avait pris une décision. Au même instant Flambeau paraissait sur le seuil, pâle d'émotion, un cornet de papier dans la main. Le Père Brown ouvrit la bouche, mais son impétueux ami le devança.

— Enfin, je suis sur la piste, cria Flambeau. Ces pilules ont l'air toutes pareilles mais en réalité elles ne contiennent pas les mêmes substances, et au moment même où je m'en aperçois, cette brute de jardinier borgne a montré tout à coup sa tête livide ; il tenait un pistolet d'arçon ; je le lui ai arraché. Quant à lui, je l'ai envoyé rouler au bas de l'escalier. Je commence à tout comprendre, si je reste ici encore une heure ou deux je mènerai à bien ma tâche.

— Alors vous ne la mènerez pas à bien, dit le prêtre d'un ton impérieux qu'il employait rarement. Nous ne restons pas une heure de plus ici, pas même une minute. Il faut partir sans perdre un instant.

— Quoi! cria Flambeau abasourdi. Maintenant que nous sommes à deux doigts de la vérité! Vous le voyez bien! Nous sommes sur le point d'éclaircir le mystère. Déjà tous ces chenapans ont la tremblote, ils ont peur de nous.

Le Père Brown leva vers lui un impénétrable visage de pierre et déclara :

— Ils n'ont pas peur de nous quand nous sommes ici, c'est quand nous sommes loin qu'ils tremblent.

Tous deux s'aperçurent soudain que le docteur Flood errait comme une âme en peine dans la pénombre blafarde; il se précipita vers eux en gesticulant comme un fou.

— Arrêtez! Écoutez! cria-t-il, j'ai découvert la vérité!

— Alors, expliquez-la à votre police, dit le Père Brown, elle ne tardera pas à arriver. Nous, nous partons.

Le médecin sembla se débattre dans un tourbillon d'émotions violentes; il en surgit avec un cri de désespoir, et les bras en croix leur barra la route.

— Le sort en est jeté, cria-t-il, je ne vous jetterai pas de poudre aux yeux en prétendant que j'ai découvert la vérité, je veux seulement confesser la vérité.

— Alors, confessez-la à votre prêtre, dit le Père Brown et à grandes enjambées il se dirigea vers la porte du jardin, suivi par son ami ébahi.

Avant qu'il l'eût atteinte, un autre personnage se jeta devant lui, rapide comme le vent. Dunn, le jardinier, hurlait des invectives presque inintelligibles contre les détectives qui laissaient en plan leur tâche inachevée. Le prêtre baissa la tête juste à temps pour esquiver un coup de pistolet d'arçon brandi comme une massue. Mais Dunn n'eut pas le temps d'esquiver un coup de poing de Flambeau pareil à la massue d'Hercule. Tous deux laissèrent M. Dunn vautré dans l'allée et franchissant la grille ils montèrent en silence dans leur auto. Flambeau ne posa qu'une seule question et le Père Brown répondit par un seul mot :

— Casterbury !

Après un long silence le prêtre observa :

— Je suis tenté d'imaginer que l'orage ne menace que le jardin et que c'était un orage qui provenait de l'âme.

— Mon ami, dit Flambeau, je vous connais depuis longtemps et quand vous donnez à entendre que vous avez deviné la vérité je me laisse conduire par vous. Vous n'allez pas me dire, j'espère, que vous m'avez arraché à cette palpitante enquête parce que l'atmosphère du jardin de la maison vous déplaisait.

— Ma foi, c'était une atmosphère vraiment horrible, répliqua le Père Brown sans sourciller, une atmosphère affreuse, intense, suffocante ; le plus terrible c'est qu'elle était absolument dépourvue de haine.

– Quelqu'un semble pourtant avoir pris en grippe le pauvre vieux grand-papa, insinua Flambeau.

– Personne ne l'avait pris en grippe, ni lui ni les autres, gémit le Père Brown. C'était le plus terrible dans cette obscurité, il ne s'agissait pas de haine, mais d'amour.

– Curieuse manière d'exprimer l'amour que d'étrangler quelqu'un et de le transpercer avec une épée, observa l'autre.

– Il s'agissait d'amour, répéta le prêtre. Un amour qui remplissait la maison de terreur.

– Vous n'allez pas me dire que cette belle femme est amoureuse de cette araignée à lunettes, protesta Flambeau.

– Non ! gémit de nouveau le Père Brown. Elle est amoureuse de son mari, c'est épouvantable.

– C'est un sentiment que je vous ai entendu porter aux nues, répliqua Flambeau. C'est un amour qui n'est pas illégitime.

– Non, pas illégitime en ce sens, répondit le Père Brown.

Il se retourna brusquement et reprit avec plus de chaleur encore :

– L'amour de l'homme et de la femme est la première loi que Dieu a instituée et il l'a sanctifiée à jamais. Croyez-vous que je l'ignore ? Etes-vous de ces idiots qui se fourrent dans la tête que, nous autres, prêtres, nous n'admirons pas l'amour et le mariage ? Ai-je besoin qu'on me rappelle le

Paradis terrestre ou le vin des noces de Cana? Et c'est parce que Dieu lui a insufflé sa force que ce sentiment se déchaîne avec tant de fureur lorsqu'il oublie ses origines divines, lorsque le jardin céleste se transforme en jungle, mais en jungle toujours resplendissante; lorsque la seconde fermentation fait du vin des noces de Cana le vinaigre de la crucifixion; croyez-vous que je ne le sais pas?

— Je suis sûr que si, dit Flambeau, mais moi je n'en sais pas davantage sur mon problème de l'assassinat.

— Le problème de l'assassinat est insoluble, déclara le Père Brown.

— Pourquoi ça? demanda son ami.

— Parce qu'il n'y a pas d'assassinat, riposta le Père Brown.

Flambeau resta muet de surprise et ce fut son ami qui reprit sans se presser :

— Je veux attirer votre attention sur un détail étrange. J'ai parlé à cette femme qui était égarée par le chagrin et elle n'a rien dit de l'assassinat; elle n'a pas prononcé le mot « assassinat », elle n'a pas fait allusion à l'assassinat mais à plusieurs reprises elle a prononcé le mot « sacrilège ».

Puis en homme habitué à passer du coq à l'âne, il ajouta :

— Avez-vous entendu parler de Tiger Tyrone?

— Je crois bien, cria Flambeau. C'est lui qui, suppose-t-on, veut faire main basse sur le reliquaire et je suis chargé de déjouer ses efforts. C'est l'apache le plus violent, le plus audacieux qu'on ait jamais vu en Angleterre. Il est irlandais, mais c'est un de ces Irlandais qui ont pour marotte l'anticléricalisme. Peut-être se mêle-t-on de magie noire dans les sociétés secrètes de la Verte Erin, en tout cas il se plaît à des supercheries macabres, toujours moins méchantes qu'elles en ont l'air. A part ça, ce n'est pas le plus endurci des criminels. Il tue rarement et jamais par cruauté. Mais il aime scandaliser les gens et surtout ceux de sa bande; il cambriole les églises, déterre les squelettes et autres plaisanteries de ce genre.

— Oui, dit le Père Brown, cela cadre tout à fait. Cela crève les yeux, j'aurais dû le voir depuis longtemps.

— On ne peut pas voir grand-chose après une heure d'enquête, protesta le détective sur la défensive.

— J'aurais dû le voir avant que l'enquête ait un objet, j'aurais dû le comprendre avant votre arrivée ce matin.

— Que diable voulez-vous dire?

— Cela prouve à quel point le téléphone altère les voix, remarqua le Père Brown songeur. J'ai entendu ce matin trois appels qui correspondaient à trois actes du drame et je me suis contenté de hausser les épaules. D'abord une femme m'a téléphoné pour me supplier d'aller à l'auberge de toute urgence. Qu'est-ce que cela signifiait? Bien entendu que son grand-père était à l'agonie. Puis elle m'a rappelé pour me donner un contrordre. Qu'est-ce que cela signifiait? Bien entendu, que le grand-père était mort. Il s'était éteint paisiblement dans son lit, sans doute un arrêt du cœur dû à la vieillesse. Puis elle a redemandé mon numéro pour me convoquer de nouveau. Qu'est-ce que cela signifiait? Oh! ceci est plus intéressant.

Après un court silence, il continua :

— Tiger Tyrone, qui est idolâtré par sa femme, avait eu une de ses idées extravagantes et c'était en même temps une idée astucieuse. Il venait d'apprendre que vous l'aviez dépisté, que vous le connaissiez lui et ses méthodes et que vous vous disposiez à lui disputer le reliquaire. Peut-être savait-il aussi qu'il m'arrivait de vous prêter main-forte. Il voulait nous arrêter sur la route et il n'a rien trouvé de mieux que de faire la mise en scène d'un assassinat. C'était une chose horrible, mais ce n'était pas un crime. Sans doute a-t-il intimidé sa femme avec un brutal bon sens et prétendu qu'il ne pouvait échapper aux travaux forcés qu'en se servant d'un cadavre à qui cela ne ferait ni froid ni chaud; en tout cas sa femme était prête à tout pour le sauver, mais elle était bouleversée par l'horreur monstrueuse de ce simulacre de pendaison; c'est pour cela qu'elle a parlé de sacrilège. Elle pensait à la relique profanée, mais aussi au lit de mort profané. Le frère est un de ces rebelles, savants à la manque, qui fabriquent des bombes qui ratent. C'est un idéaliste avachi, mais il est tout dévoué à Tiger et le jardinier aussi. Peut-être est-ce un point en sa faveur que d'être adoré par tant de gens. Un petit détail dès le début m'a mis la puce à l'oreille. Parmi les vieux livres que feuilletait le docteur j'ai aperçu une pile de brochures du XVIIe siècle, le titre de l'une d'elles m'a frappé : *Récit véridique*

du procès et de l'exécution de My Lord Stafford.
Or Stafford avait pris part au complot papiste qui commence par un de ces romans policiers qu'offre de temps en temps l'histoire : le trépas de Sir Edmund Berry Godfrey. Godfrey avait été trouvé inanimé dans un fossé et sa mort était d'autant plus mystérieuse qu'il portait des marques de strangulation et avait été transpercé par sa propre épée. J'ai pensé tout de suite qu'un des habitants de la maison avait peut-être emprunté cette idée ; mais lui ne voulait pas commettre un crime, il voulait simplement créer un mystère et ceci s'appliquait aux détails les plus révoltants. Ils étaient diaboliques, mais c'était simple diablerie. Ces gens-là avaient un soupçon d'excuse, ils devaient rendre le mystère si épineux, si embrouillé qu'il nous faudrait des heures pour l'éclaircir ou plutôt pour découvrir la supercherie. Ils ont donc arraché le pauvre vieux à son lit de mort, lui ont fait exécuter des cabrioles et autres facéties invraisemblables. Il fallait qu'ils nous offrent un problème insoluble ; ils ont effacé leurs propres empreintes dans l'allée mais ils ont oublié le balai. Par bonheur nous les avons démasqués à temps.

– Vous les avez démasqués à temps, rectifia Flambeau. Moi, je me serais attardé à examiner la seconde piste sur laquelle ils avaient semé des pilules variées.

– Eh bien nous voilà sortis de ce guêpier, remarqua le Père Brown avec satisfaction.

– Et c'est pour cela sans doute, dit Flambeau, que je roule à tombeau ouvert sur la route de Casterbury.

Ce soir-là le monastère et l'église de Casterbury furent le théâtre d'événements qui jetèrent l'émoi dans la retraite monacale. Le reliquaire de sainte Dorothée, dans une châsse rutilante d'or et de rubis, était placé dans la sacristie où après la bénédiction on irait le chercher en procession solennelle pour l'exposer à la dévotion de la foule. Il était confié à la surveillance d'un seul moine qui était sur le qui-vive, car ni ses frères ni lui n'ignoraient la menace que faisait planer sur eux la présence de Tiger Tyrone aux environs. Aussi fut-il debout d'un bond lorsque la fenêtre grillagée s'entrebâilla et qu'un objet noir, pareil à un serpent noir, s'insinua dans l'ouverture. Le moine s'élança, l'empoigna, s'aperçut que c'était le bras et la manche d'un homme terminés par une manchette amidonnée et un coquet gant gris foncé. S'y cramponnant de toutes ses forces, il cria : « Au secours ! » et à ce signal, derrière son dos, un homme entra par la porte et s'empara de la casquette posée sur la table. Au même instant, le bras coincé dans la fenêtre resta dans la main du moine. C'était le bras bourré de son d'un mannequin.

Tiger Tyrone s'était déjà servi de ce truc, mais pour le moine le subterfuge était nouveau. Par bonheur un homme tout au moins connaissait les ficelles de Tiger Tyrone et cet homme, géant à moustaches martiales, s'encadra dans la porte juste au moment où Tiger se disposait à décamper. Flambeau et Tiger se dévisagèrent, les yeux dans les yeux, impassibles, et échangèrent un salut qui ressemblait à un salut militaire.

Pendant ce temps le Père Brown s'était glissé dans la chapelle afin de dire une prière à l'intention de plusieurs personnes mêlées à cette aventure saugrenue. Mais il avait un vague sourire aux lèvres. A vrai dire il ne condamnait pas sans rémission M. Tyrone et sa déplorable famille; au contraire il était plus enclin à l'indulgence pour eux que pour bien d'autres gens plus respectables. Puis les événements de la journée, la sainteté du lieu ouvrirent à ses pensées des horizons plus vastes. Sur le marbre noir et vert de la chapelle de style rococo se détachaient les ornements des fêtes des Martyrs et ceux-ci, à leur tour, servaient de repoussoir à un rouge plus éclatant, à un rouge de braises ardentes, les rubis du reliquaire, les roses de sainte Dorothée. Il eut de nouveau un souvenir pour les étranges péripéties du drame et pour la femme qui, frissonnante d'horreur, avait participé au sacrilège. Après tout, pensa-t-il, sainte Dorothée, elle aussi, avait eu un amoureux païen; mais il ne l'avait pas tyrannisée, il n'avait pas anéanti sa foi. Elle était morte libre et pour la vérité, et du Paradis elle avait fait pleuvoir sur lui des roses...

Il leva les yeux; derrière un voile de fumée et de lumières papillotantes la bénédiction s'achevait et la procession attendait. Le Père Brown crut voir défiler devant ses yeux, comme une foule disciplinée, tous les siècles depuis la création du monde, chargés des richesses de leurs traditions. Et au-dessus, comme une couronne de flammes impérissables, soleil de notre nuit humaine, l'ostensoir flamboyant planait sur la noirceur des voûtes sombres, ainsi qu'il plane sur la noire énigme de l'univers. Certains sont vraiment convaincus que cette énigme aussi est un insoluble problème, et d'autres ont la certitude aussi forte qu'elle n'a qu'une seule et unique solution.

Tables des matières

Le livre maudit.......................... 7
L'homme vert........................ 33
L'homme éclair....................... 65
Le scandale du Père Brown........... 103
La poursuite de M. Bleu.............. 131
Le crime du communiste.............. 159
La piqûre d'épingle................... 189
L'insoluble problème................. 223

LA COMPOSITION, L'IMPRESSION ET LE BROCHAGE DE CE LIVRE
ONT ÉTÉ EFFECTUÉS PAR LA SOCIÉTÉ NOUVELLE FIRMIN-DIDOT
MESNIL-SUR-L'ESTRÉE
POUR LE COMPTE DE CHRISTIAN BOURGOIS ÉDITEUR
LE 20 MARS 1990

Imprimé en France
Dépôt légal : avril 1990
N° d'édition : 1998 – N° d'impression : 14229